純潔の男装令嬢騎士は
偉才の主君に奪われる

ティアラブックス

CHARACTER

ヨハン・レオナルト・メルテ

メルテン連邦の主権国家メルテの第二王子にして、行政府政策長官。将来の国務大臣と呼び声高い切れ者で、美男ぶりも有名。とある事情から襲撃を受けるも本人に緊張感はなく、思いもよらぬ行動で護衛班を驚かせる。

ノア・クランツ・エストス

メルテン連邦の領国・エストス侯の長子。国家の独立維持のため男として育てられる。十五歳で従軍を決意し、数々の武勲を立てる。努力家で真面目な性格ゆえ、ヨハンに振り回されることに。母譲りの美しい銀色の髪を持つ。

護衛班

ドミニク・ハインミュラー

護衛班のまとめ役。以前はヨハンの兄である王太子付きだった。若手の有望株として注目される。

カイ・キースリング

ノアの同郷の幼馴染。弟同然に思っているノアに付き添う形で軍への入隊を決め、行動をともにする。

ジェイデン・フレンツェン

ベンジャミンの双子の兄。顔は瓜二つだが、弟とは対照的にクールな性格。頭の回転が速く、皮肉屋な面も。

ベンジャミン・フレンツェン

ジェイデンの双子の弟。陽気で人見知りしないタチで、ヨハンとも気が合う様子。考えるより先に動くタイプ。

オスカー・グリッケ

一番年が若く、護衛班の中でもひときわ目立つ長身。人懐っこく、とくにノアには尊敬のまなざしを向ける。

CONTENTS

プロローグ

酒場での揉《も》め事は日常茶飯事。王宮から東西、南に広がる城下街でも西地区は遊興が盛んで、昼日中から休日の兵士や労働者が酒をあおっている姿が見られる。つまり揉め事は一日中何度でも起こり、発生すれば治安維持のために兵士は赴かなければならない。

騎士とは王直属の近衛《このえ》兵の中から選ばれる称号であり、階級とは異なる。

この日、騎士の名誉を賜ったばかりの若き近衛兵がこの場に現れたのは偶然だった。軍事演習で兵を借りたことの礼に、西地区兵士屯所にやって来ていたからだ。

「片方はうちの常連の商人ですがね。商いの取り分で揉めて、ナイフを振り回す勢いなんです」

酒場の給仕の男は息を切らして訴える。ここまで大慌てで走って来たのだろう。

「帰り道だ。私が見に行こう」

若き騎士、ノア・クランツは西地区屯所を束ねる所長に告げた。見事な銀髪をひとつに結わえた美しい男だ。白い陶器のような肌をしており、高い鼻梁《びりょう》もきりりと鋭いアイスグレーの瞳も目を引く。

「いえ、クランツ殿。城下の揉め事で、騎士様の手を煩わせるわけにはまいりません」

「私が出れば早く収まるだろう。誰かひとり兵士を供につけてくれればいい」

肩章を見れば、ノアが騎士であるのは一目瞭然である。兵士の中でも生え抜きの仲裁なら揉め事も収拾がつくだろうとの見込みだ。

給仕の案内で目的の酒場〝虎《とら》と獅子《しし》亭〟に着いた。なかなか勇ましい屋号である。場所は、西地区でもっとも賑《にぎ》やかな盛り場の一角だ。

「邪魔をするぞ」

開かれた戸口から中に入ると、想像していた喧噪は収まっていた。これはどうしたことか。てっきり乱闘沙汰で血を見るかと思っていたのに。

中央の丸テーブルに三人の男が座っていた。ナイフがテーブル上に置かれ、その横には金貨と紙幣。向かい合った格好のふたりはふてくされたようなきまり悪いような顔をしている。

「やあやあ、騎士様がおいでとは」

中央の男が場違いに明るい声を張り上げた。亜麻色の髪に印象的な菫《すみれ》色の瞳をした男だ。すこぶる男ぶりがいいが、いかにも遊び人といった雰囲気を醸している。平民の衣服を着ているものの生地は上等なので、資産家の息子といったところか。ではなぜ、その金持ちが揉め事の中心にいるのだろう。

胡散臭《うさんくさ》いとノアが判断したのも無理からぬ状況であった。

「揉め事の仲裁に参ったのだが」

警戒して声をかけると、男がにっこり笑った。人懐っこい笑みだ。

「ご足労いただき恐縮ですが、揉め事は収まりましたよ。この店の常連のバーレさんと、今回取引をした商人のオットーさん。ふたりとも口約束で仕事を始めちゃったのがいけなかったね。支払いの段で話が違うってなっちゃったんですよ」

亜麻色髪の色男は軽い口調で言う。仮にも騎士相手に、まったくへりくだる様子もない。

「おまえが仲裁したというのか」

「ちょっと間に入って事情を聞いただけですって。契約書も作らないで取引したんだから、双方過失はあるわけで。その上で、どっちがどこまで補償する？　どこまでなら許せる？っていう線引きのお手伝いをね、へへ」

へらへらした様子の男は自身の手柄ぶるつもりもないようだ。そこに奥から虎と獅子亭の店主が飛び出してきた。でっぷり肥えた中年の男だ。

「これはこれは、騎士様がおいでになるとは知らず。誠にお騒がせしました。もうこちらは大丈夫です」

店主が客ふたりに「なあ」と返事を促すと、揉めたふたりはこくりと頷《うなず》いた。

「そうか、それならいい。屯所から兵士を出した手前、何もなしとはいかない。後々、西地区屯所に届けの書類を出しに行くように」

特に仕事がないならそれが一番である。ノアは背後に控えていた兵士に後を頼み、虎と獅子亭を出ようとする。

すると、背後から「騎士様」と声をかけられた。振り向くと、亜麻色髪の男がこちらをじいっと見つめている。菫色の瞳は光が差すと複雑な混色で、まるで宝石のようだ。

「とてもお若いですね。そのお年で叙任されたということは、さぞ武勲をお立てになったのでしょう。どちらの戦役に？」

ノアは不審に思ってわずかに黙ったが、身分詐称とも言われたくないので低く答えた。

「北のアドラー戦線に四年」

「仇敵《きゅうてき》バルテール帝国との最前線だ！　そんな前線に長くいらっしゃったとは、腕が立つのですね」

裏があるようには見えないが、やたらと話を続けたがる男だ。ノアは会話を打ち切る合図に首を振った。城下市民と世間話する理由はない。

「お美しい騎士様、またどこかでお会いできることを楽しみにしています」

亜麻色の髪の男は屈託なく微笑《ほほえ》み、その様子にちっとも臆するところはない。

軽口に答えてやる義理はなく、無礼を叱りつけるのも面倒なので、ノアは無言で背を向け、今度こそ酒場を出た。

愛馬に跨《また》がりながら、考える。

遊び歩いている放蕩《ほうとう》息子かと思いきや、なんとも妙な空気を持つ男であった。そしてあの髪色はどこぞで見覚えがあるような気もする。

しかし、ぴんとこないままノアは帰路につく。向かうはメルテン連邦軍本部。夕刻には上長に呼び出されているのだ。

第一章

騎士ノア・クランツ・エストスと第二王子ヨハン・レオナルト・メルテ

メルテという国は内陸にあり、この地域の小国を集権したメルテン連邦の主権国家である。温暖で肥沃な土地を持ち、鉱石や石油資源もある豊かな国だが、特筆すべきはその軍事力であった。長年北のバルテール帝国と覇権を争ってきた経緯もあり、メルテン連邦軍の軍備は拡充され続けてきた。

メルテン連邦軍の中でも、王都メルテの近衛隊は精鋭の集まりである。士官学校を出て尉官の地位を得ても、戦役で成果を収めない限りは配属されない。主権国家メルテの王族を守る栄えある役目だからこそ、名ばかりの将官では務まらないのだ。

さらに近衛兵の中でも、格別の地位が騎士の称号を持つ者たちだ。銀色の肩章をつけ、白の軍服を着た彼らは近衛隊の中から選出される。現在のメルテン連邦軍の重要な将校たちは皆、騎士の称号を持っている。騎士は軍部での将来を約束された立場であった。

その騎士の叙任をほんのふた月前に受けたのがノア・クランツである。

二十二歳の若き騎士は、ひとつに結わえた見事な銀髪をひるがえし、連邦軍本部舎にあるヘニッヒ中佐の執務室へ向かっていた。隣を歩くのは、同じタイミングで騎士となったカイ・キースリング。ノアとは同い年、同郷の幼馴染《おさななじみ》である。

「ヘニッヒ中佐の用件、なんだろうね」

カイも呼び出される心当たりはないようだ。ちょっとした用事なら、ノアとカイ直属の上長であるアンドレア中尉から連絡がくるはずである。ヘニッヒは上層部の人間であり、現在は連邦軍本部に所属しているが、前線にあれば大隊を率いる立場の人物である。

「何か特別な命令が下るのかもしれないな」

ノアは静かに答えた。地声が高いので、日頃なるべく声を張り上げず、落ち着いた話し口調になるよう調整をしている。

「もしかして、昇任？　俺とノアの働きがいいから、特別に少尉から中尉に格上げ？」

騎士になったとはいえ、ふたりの階級は士官学校を出た少尉のままである。昇任は戦場での武功と年に何度かある試験により決まる。カイもノアも最前線で、日々敵国との小競り合いに辛苦してきたため、武功はあるが昇任試験は受けたことがない。

「近衛隊への招集も、騎士の叙任も突然だっただろ。試験を受ける暇がなかっただけで、実力はあるって思われたんじゃないかな」

気楽な幼馴染の想像に、ノアは首をすくめた。

「それなら、騎士の叙任の際に言われているはずだ。近衛隊に配属されて半年、本部とメルテ近郊での練兵のみで特に活躍はない」

「いや、それを言うとそうなんだけどさ。夢を見たいだろ」

もとよりのんきなタチのカイはそう言うが、ノア自身、自分の人事に対して少々気にはなっている。

士官学校を出てすぐの兵士は地方の警備につく。士官学校に入学できる者は、例外をのぞき貴族がほとんどだからだ。貴族の子弟は最初から危険な地域には配属されない。

ノアとカイは志願し、バルテールとの最前線に配属された。四年間、騎兵としても銃士としても戦場を駆け抜けてきた自負はある。

近衛隊への声がかかったときは、当然の結果とも思ったが、着任して間もなく騎士叙任の話がきたのは「おかしい」と感じた。

騎士は近衛兵の中から選ばれる名誉ある称号。

まるで騎士に選ぶために近衛に呼んだかのような人事だとは思っていたのだ。

「評価されてしかるべきだと思うんだよなあ。特にノアは。アドラー前線にいた頃は、実質ノアの銃士隊だけで勝った戦闘がいくつもあっただろ」

「たまたまだ。強いて言うなら、部下らが頑張ってくれた」

ノアは謙遜しているわけではない。自分はやるべきことをやっただけ。

「よく言うよ。指揮をとれないお偉方に代わって、単騎で戦況の突破口をひらいたのは誰だっての。俺はついていくので必死だけど、おまえは腕が立つ」

「カイも私も評価は同じだ。なにしろ、ともに騎士の称号をもらった。私とおまえの年齢には早すぎる称号。充分な評価じゃないか？」

「確かに。騎士って早くて二十代半ばだもんな。でも、最年少での叙任は二十歳とも聞くし。まあ、すでに評価されてるって考え方はいいな。うん」

のんきな幼馴染に、ノアはふうと息をつく。心中では軍部の忖度《そんたく》ではないだろうかとも考えていた。ノアの出自を理由とした忖度がないとは言い切れないのだ。

「失礼します。アンドレア隊ノア・クランツ参りました」

「失礼します。同じくアンドレア隊カイ・キースリング参りました」

ヘニッヒ中佐は執務机につき、深く椅子に腰を沈めている。眠そうな瞼《まぶた》でこちらを見る様子は、何か特別な用事とは思えなかった。

「クランツ、キースリング、よく来た。今日は重要な話があっておまえたちを呼んだ」

老齢のヘニッヒ中佐は口をもごもごと動かして喋《しゃべ》る。ふさふさとした白い眉毛と口ひげが、好々爺《こうこうや》といった雰囲気である。

「時にクランツ、お父上のエストス侯は息災かな？」

「はい。息災です。ヘニッヒ中佐のエヴァナ山での武勇は、いまだに父が語ってくれます」

「そうか、そうか。エストス侯は当時エストス領主を継ぐ前の若者であったが、将官が不足したあの戦いでは、兵を率いて先陣を切ってくれた。こちらこそ、エストス侯の武勇を忘れてはおらん。だからこそ、その子息であるノア・クランツと乳兄弟であるカイ・キースリングの騎士叙任については後押しさせてもらった」

ノアとカイはそろって頭を下げる。

「ヘニッヒ中佐の期待とご恩に報いるため、誠心誠意努める所存でございます」

「そう言ってくれると思っていた。クランツ、キースリング、おまえたちに特命を課す」

ヘニッヒ中佐は垂れ下がった瞼を笑みに変え、ふたりに告げた。

「メルテ王国第二王子、ヨハン・レオナルト・メルテ様は当然ご存じだな」

「はい。メルテン連邦政府の行政府政策長官であり議会議員でもあられるヨハン王子ですね」

「未来の国務大臣と呼び声高い、切れ者の王子様じゃないですか。城下市民の人気もたいそう高いそうで」

ヨハン・レオナルト・メルテは現メルテ王の次男であり、王太子フリードリヒの同母弟である。ノアはまだ顔を見たことがないが、やたらと人気のある王子であるのは知っている。

カイの軽々しい言葉にヘニッヒはうんうんと頷き、言った。

「おまえたちにヨハン様の護衛班に入ってもらいたい」

第二王子の護衛班、それは。ノアが聞き返す前にカイが口を開いた。

「ヨハン王子には警備の近衛兵が多くついていますよね。新たに補充ということですか」

「うむ。近衛兵の警備では限界があるゆえ、護衛班を特設する。従士として仕え、王子を昼夜問わず警護してほしい。おまえたちを含めて六名の騎士を配属する予定だ。まとめ役にドミニク・ハインミュラーを任命しておる」

まとめ役で挙げられた騎士の名は、ノアとカイも知っていた。ノアらが士官学校に入るより前に最年少で騎士の称号を賜った有望な若手兵士である。そんな大物を配備するのか。

「ここしばらくヨハン王子の身辺が騒がしく、妙な輩《やから》がうろついておるのだ。実際、王子にナイフで襲い掛かった悪漢を捕らえた。事態を重く見た王宮内務と行政府が軍に護衛班の設置を急がせたというわけだ。計画自体は半年前より動いておるよ」

ヘニッヒ中佐の言葉に、ノアは自分たちの近衛隊への招集が最初からこの護衛班入りのためのものだと察した。王子の近くに侍《はべ》る従士だから、わざわざ騎士称号を与えたのだろう。騎士称号は一代限りだが、下級貴族と同程度の地位となる。

「王子の安全を脅かす者の出現は、王子が通そうとしている貿易関税法の改正案が関係しているだろう。改正によって痛手を受ける者たちは、脅しをかけるつもりで王子を狙っているのだ」

ヘニッヒは言葉を切り、ふたりをじっと見つめた。

「ヨハン王子はこの国の将来を担う頭脳と人徳をお持ちだ。さらには王位継承権第二位であらせられる。御身に傷ひとつつけばメルテの、ひいてはメルテン連邦そのものが揺らぎかねない。護衛班は身命を賭し、ヨハン王子をお守りするのだ」

「承知いたしました」

ノアはほぼ即答の勢いで返事をした。

「若輩の我らに、そのような大きな任務をお与えくださり感謝いたします。一心不乱に務めます」

カイの了承はとっていないが、ノアの行動にカイが付き添うのは決定事項である。カイはノアの返事を聞き、ノアに倣って挙手敬礼の姿勢を取った。


ヘニッヒ中佐の執務室を出て、軍本部の廊下を近衛隊舎に向かう。外には城外練兵から戻ってきた兵士たちの集団が見えた。メルテン連邦軍はメルテとかつての独立小国である領国から兵士を募り、巨大な軍を常設している。

仇敵バルテール帝国とは近年は小さな衝突のみ。双方、軍備の拡充も進み膠着《こうちゃく》状態だ。だからこそ、各領国の駐屯兵や、軍本部所属の兵士は経験不足の者も多い。

前線での活躍経験があり、腕の立つノアとカイが、今回の重要な役目に抜擢《ばってき》されたのは必然ともいえた。

「結論としては出世の話と取ってもいいんじゃない？」

同じく窓の外を眺めながらカイが言った。ノアは息をついた。確かにいい話ではあった。

「ああ、第二王子の護衛班とはついている」

「このお役目を全うすれば、昇任も見えてくるか？」

「かもな」

軍部で出世することは、ノアの大いなる目標である。カイは自身の立身のためとノアのために一緒に行動してくれている。そろって地位を上げれば、故郷にとってこれほど有益なことはない。

「でも、俺は知らなかったよ。第二王子が命を狙われてるって話。表向きに聞こえてこないよな」

カイが言い、ノアも頷いた。

「情報統制しているんだろう。あまり表沙汰にしたくない事情があるのかもしれない」

「ところでノアは、王子の顔、見たことある？　ものすごい色男らしいぞ」

「王太子フリードリヒ様はご尊顔を拝したことがあるじゃないか。騎士叙任の際に」

「ああ、遠目だったけど美しいお顔立ちをした方だったなあ。ヨハン王子も似ているのかな」

「フリードリヒ様とは同母兄弟なんだろう。似た雰囲気ではあるだろうな」

「じゃあ、やっぱり男前確定かぁ」

カイはこれから自分たちの守るべき相手であり、主人になるヨハン王子についてあれこれ想像している。ノアはそんな幼馴染に尋ねた。

「カイ、今回も私についてきてくれるか」

ノアの言葉に、カイが一度黙り、それから笑って頷く。

「勝手に特命を受けておいてよく言うよ。当たり前だろ。故郷を出たときから俺はノアに死に物狂いでついていくって決めてんの」

「カイ……」

「ノアは腕は立つけど危なっかしくて。俺はおまえの兄貴みたいなものだから、どこまでも面倒を見るよ」

「おかしいな。私はカイこそ弟だと思っていたんだが」

「生意気言うな。俺の方が三ヶ月も早く生まれてるぞ」

カイの文句にノアはひっそりと笑った。カイには感謝している。故郷を離れ従軍したいと言ったのは十五歳のノアで、カイはその瞬間から付き従い今日までともにいてくれている。

近衛隊舎で夕食を済ませると、同じ隊の同僚から飲みに誘われた。おそらく中佐に呼び出された新人のふたりに探りを入れたいのだろうと思い、あっさり断った。カイが付き合って出かけていったが、カイも適当にあしらって帰ってくるはずだ。

ノアが人嫌いで不愛想なのは、周知されていた。同僚との信頼関係は必要でも友情は必要ないからだ。

ノアの夢はこのメルテン連邦軍で将官の地位を得ることである。叶《かな》うなら、聖騎士という騎士の中の騎士に与えられる称号を得て、軍を統べる大将軍の地位を得たい。

ノア自身のため、故郷の家族のために。

自室の木の椅子に腰かけ、天を仰ぐ。十五で士官学校に入り、十八で兵士になった。七年目の大抜擢だ。必ず成果を残し、上層部に認めさせる。

「……痛いな」

ノアはひとりつぶやいた。実は昼からずっと腹と腰が痛いのだ。手帳を取り出し、その痛みがやはりいつもの前兆だと気づく。

「湯を借りてこよう」

ノアは衣服と下着の替えと清拭《せいしき》用の布、そして厚く折りたたんだあて布を手に部屋を出た。

このふた月、体調を理由に使わせてもらっている軍本部舎の洗面所に向かうためである。

感染の心配はないが皮膚疾患があるというのを理由に、前線にいる間も水浴びや風呂だけは別個に場所を確保していたノアだが、本部舎の洗面所は当直の事務職員が使えるようにと沸かした湯でシャワーを浴びられる設備があって助かっている。近衛隊舎には共同の設備しかないのだ。

十分ほど歩いて隣接する本部舎に行き、いつものひとけのない洗面所に入った。鍵をかけ、軍服のシャツとスラックスを脱ぐ。胸に巻いた布を取ると、ほどかれたノアの銀色の髪が柔らかな丘にかかった。乳房が大きい体形でなくてよかったと思う。

下着を脱いでため息をつく。

「朝からあて布を当てておけばよかったな」

月のものだけは防ぎようがないので気をつけていたが、今月はすっかり忘れていた。

ノア・クランツ・エストスは、性別学上女性である。

しかし、男性として生きてきた。これからも男性として生きていくだろう。

女性の従軍が一般的でないメルテン連邦軍において、ノアが大将軍の地位につくには、男性であり続けなければいけないのである。

二日後、ノアは王宮に呼び出され、主となるヨハンと対面の機会を得た。

場所は王宮内にあるヨハンの私室である。ヨハンは王宮内の庭園奥にある離宮を自身の居住空間にしているそうで、王宮内の職務はこの離宮で応対するそうだ。

ひとりひとり挨拶をしたいとのことで、カイとは別にやってきたノアは離宮を見上げる。王宮の敷地内には日参していたが、この離宮にやってくるのは初めてだ。王城と比べ、だいぶコンパクトで質素な邸宅である。

玄関でヨハンの秘書が出迎えた。黒髪に眼鏡をかけた細身の男で、三十代くらいに見えた。彼がヨハンの執務室兼私室まで案内してくれた。ドアをノックし、ノアは声を張った。

「ノア・クライス、参りました」

中から入るように指示がある。ドアを開けると、執務机に頬杖《ほおづえ》をついている男がいた。

亜麻色の髪、菫色の瞳。

「あ……」

ノアは思わず声を発した。

そこにいたのは先日、城下西地区の酒場で会った男だ。服装や髪型こそ違うが、その整った顔立ちは間違いない。

「やあ、お美しい騎士様、また会ったね」

ヨハン・レオナルト・メルテ——この国の第二王子はノアを見つめ、愛想よく笑った。

「あなた様がヨハン王子でしたか……」

なるほど、あのときに見覚えがあるように思ったのは、王太子と似ていたからだ。目鼻の配置や雰囲気は違うが、亜麻色の髪と深い菫色の瞳はそっくり同じなのだ。

「そうそう。美男で有名の第二王子です。ちなみに、現在暗殺者にも狙われてるよ」

軽快な口調は、城下で会話したときと変わっていない。ノアは怪訝《けげん》な表情で言った。

「いつぞやは失礼しました。しかし、狙われているのでしたら軽々しく出歩かない方がよろしいのでは」

「その通り！　でもさ、民衆の生活を日々確認しておかないと、政策長官は務まらないんだよ」

もっともらしいことを、無責任な軽口で言うヨハンはまったく王子らしく見えない。これがこの国の第二王子。未来の国務大臣と名高い切れ者だというのか。

ヨハンがノアをじいっと見つめた。うかがうような視線にノアはどきりとする。

「ノア・クランツ・エストス。エストス侯の長子。十八歳で卒業した士官学校の成績はトップ。北東アドラー地区の前線要塞で四年間銃士小隊を指揮。エカ平原戦役では騎兵としても一騎当千の活躍をしたそうじゃないか」

「大袈裟《おおげさ》です。この髪色が目立つため、旗印にされただけです」

ノアは自身の銀糸の毛先をつまみあげた。

「自身の隊を率いるときは、銃剣を手に歩兵として戦場を駆けるとも聞いている」

「他の将校殿は馬を下りたがらず、後方で指揮をとられますが、私は小隊の長《おさ》。私が先頭に立たずに部下が奮い立つとは思えませんので。今の時代、機動戦闘は馬よりも歩兵の動きです」

謙遜ではない。事実を述べることで褒め言葉を否定しておき、ノアはヨハンに向き直った。

「若輩者ですが、必ずヨハン様をお守りいたします。よろしくお願いいたします」

「頼もしいね〜」

敬礼をすると、ヨハンがノアとは真逆の隙だらけの声で答えた。

「おまえたちみたいな優秀な若手を集めてもらってありがたい限り。他のメンバーとは会った？俺は二十三でおまえよりひとつ上。護衛班のメンバーもみんな同じくらい。仲良くやろうよ」

「仲良く……」

緊張感を簡単に破壊するのんきな言葉にノアは反応に悩む。ヨハンはさらに明るい声で言った。

「とりあえず親交を深めるために、名前で呼び合おうか。ノア、俺はそう呼ぶよ。俺のこともヨハンって呼んでくれると嬉《うれ》しいな」

いったい誰が第二王子を友人のように呼べるだろう。屈託がないと言うよりからかわれている気すらしてきた。何を考えているのか、初手から主のことがさっぱりわからない。

むっつりと黙っているノアを面白そうにじろじろ見て、ヨハンは「だめかぁ」と笑った。

「じゃ、これはみんなにしてるんだけど、俺が狙われている理由について、少し話しておこうかな」

ヨハンがわずかに口調を変え、椅子の背もたれに身体《からだ》を預けた。

「ロラント領国を知っているな。バルテール帝国との国境にあり現在は最前線の要塞都市だ。ノアたちがいたコーエン領国アドラー地区よりもう少し西だ」

「はい。存じております」

メルテン連邦はいくつかの小国をメルテが集権してできた。メルテにより統一されて以降はかつての国は領国という名称となり、王は領主として侯爵位を与えられている。領主は自治を認められているが兵権はなく、領内にはメルテン連邦軍の駐屯兵が配備されている。

「ロラント領国の中心街ロラントは街まるごとが対バルテール帝国の要衝だ。そこの前線兵士の間で、麻薬が蔓延《まんえん》している」

ノアとて麻薬の存在は知っている。戦争の恐怖緩和のため麻薬を使う兵士はいるし、実際見かけたこともある。もちろん公には認められていないため、ノアは部下たちに許してはいなかった。

「バルテール産のケノルという草を乾燥させたものだ。兵士の意欲を削《そ》ぎ、あっという間に麻薬依存の状態に陥らせ、使いものにならなくしてしまう。バルテール属国カナアンから入ってきて、ロラント領の娼館《しょうかん》が管理しているらしい。娼館はロラント侯による公営の岡場所《おかばしょ》だ」

麻薬が蔓延しては兵士の士気に関わり、実質使えない人材ばかりになってしまう。敵国製の麻薬を斡旋《あっせん》しているのなら、ロラント侯による裏切り行為ではないだろうか。

「前線が総崩れになっちゃ困るだろ。だから、俺はメルテン連邦の輸出入に税金をかけるよーって法改正をしたいわけ。でもこれだと個人商人には負担がでかい。だから、商人の登録と商材の定期的なチェック。場合によっては国が仲買をすることで、輸出入が減るのを防ぎつつ、変なものが国内に入ってきたときに防げるシステムを作りたいんだな」

「お言葉ですが……。麻薬ならどのみち、密貿易ではないでしょうか」

ノアの返答に、ヨハンが「お、賢いね」と指さした。

「肝は法案の存在なんだ。この法案があるだけでロラント領国への正当な査察ができるからね。連邦政府が介入しやすくするための法改正ってわけ」

ヨハンは首をぱきぱき鳴らしてから、嘆息する。

「しかし、それが面白くないやつらもたくさんいる。表立って言えないだろうがロラント領国はもちろん不満だろう。それにメルテ内でも一部の鉱物資源を独占している商会は面と向かって抗議書を提出してきた。綿製品の工業化を進めている商会も燃料の石炭に関税をかけられたくないと不満顔だ」

「石炭を使ったエネルギー革新は今後も進むと聞いています」

「そう。だから、政府で管理したいっていうのもある。鉱物資源もそうだ。どちらにしろ、市民に大きな負担も損もさせる気はない。時間をかけて説明すれば理解してもらえるとは思っている」

ヨハンがノアをじっと見つめた。菫色の瞳は、近くで見るとやはり美しく複雑な色をしている。

ヨハンは人差し指と中指を天に向けて立てた。

「ふた月だ。この法案を通すまでにかかる最短の時間。商会や関係者に理解を求め、貴族たちを味方につけ下準備をする。議会に法案を提出し、説明と質疑応答を経て表決。この期間、俺の護衛を頼む」

「承知しました」

ノアの仕事は最初からヨハンの護衛と決まっている。しかし、今の説明でいっそうよくわかった。綿密に練られた肝煎りの計画なのだ。

「まあ、精鋭ぞろいだって聞いてるから、安心してるよ。よろしくな」

へらっと緩く笑うヨハン。ノアは内心、少々拍子抜けである。

言っていることは真っ当なのだが、なんとも軽い。この国の第二王子である自覚があるのかどうか。

親しみやすさが国民に人気らしいが、仮にも高貴な立場ならもう少し威厳を見せてほしいものである。城下をお忍びでふらふらしている前科もあるし、二十三歳という若さからも覚悟は薄そうだ。

そして、この整い切った容姿。おそらくは女性関係も華やかなことだろう。

（どんな方でもお守りするしかないが）

ノアが腹の中でつぶやくと、ヨハンが席から立った。つかつかと歩み寄ってきたかと思うと、間近くノアを見下ろす。

身の丈はノアより頭ひとつ分は大きい。筋骨隆々というわけではないが、弱々しくもない。王子という立場から、素養として剣術や乗馬術は叩《たた》き込まれているのだろう。

冷静にヨハンを分析しているノアは、ヨハンがなぜ近づいてきたのかという点についてあまり考えなかった。

ゆえに、髪をひと房持ち上げられたときは驚いた。じっと目を覗《のぞ》き込まれる。

「透明感のあるグレー……綺麗《きれい》な目だ。髪色もこのあたりではあまり見ない」

「亡き母から継いだものです」

「母御は移民だったか」

「はい。バルテールよりさらに北の小国の民です。バルテール内で迫害され、エストス領国に逃げてきたと聞いています。エストス侯夫人の侍女をしているときに、父の寵《ちょう》を受け私が生まれました」

「エストス侯の後継者はおまえの弟だと聞いている。皆は、ノアがエストス家の後継者争いに敗れて軍に逃げてきたと言っているよ。事実かい？」

不躾《ぶしつけ》な言葉だが、相手は王子である。ノアは無表情のまま答えた。

「その通りです。廃嫡となりエストス領内に居場所もなく、士官学校に口利きしてもらいました。幸い、心身頑健で兵士としての務めは果たせております。他に行き場もない身ですので、お役目に邁進《まいしん》し、努めたいと存じます」

「なるほど。それは苦労をしたな」

ヨハンは屈託なく言い、にっこり笑った。

「じゃあ、俺もおまえの居場所になれるよう努力するよ」

噂《うわさ》に聞く第二王子は切れ者とのことだった。未来の国務大臣候補だと聞いていた。

しかし本当にそれほど優秀な人物なのだろうか。愛嬌《あいきょう》があるから人気はあるのだろうが、王族の自覚は乏しそうだ。時代が違えば王族であったノアとしては、残念でもあり苛立《いらだ》ちも覚える。

とはいえ、この男が王子であることは間違いなく、ノアの進退を大きく左右する人物でもある。媚びを売る気は一切ないが、守り抜き忠義を尽くすべきだろう。

⚔　⚔　⚔

メルテン連邦北西部のエストトス領国がノアの故郷である。ノアはこの地を治める旧王族カール・エストトス侯爵の長子として生まれた。

女児であったノアが男児として育てられたのは事情がある。

エストトス侯夫人・ビルギットは、侯のいとこにあたる名家の生まれだが、なかなか嫡子に恵まれなかった。そこで夫人は移民の侍女に願った。どうか、夫と子をなしてほしい、嫡子をもうけてほしい、と。侍女と夫人は、友ともいえるほど親しい関係だった。

それがノアの母親・リーサである。リーサは主・ビルギットが大好きだった。リーサはバルテールの迫害で家族を失っていたし、エストトス領に逃げ延びても移民自体が少数のため孤独だった。そんな自分に親切で、旧友のように接してくれた彼女への恩義と愛着から、リーサはこの申し入れを承諾した。

生まれたのは女児だった。不幸にもリーサは出産の出血が元で、産後間もなく落命。

エストトス侯夫妻には母親そっくりの女児が残ったのである。

ノーラと名づけられた女児をこのまま後継者にすることは可能だった。メルテン連邦には女性の領主もいる。

しかし、エストトス領国はメルテン連邦の最北西部に位置し、隣国バルテール帝国に接していた。険しい山を隔てているため、常日頃から武装をしている領地ではないにしても、もし後継者が女性であれば、バルテール側から婚姻の申し入れがあるかもしれない。それをきっかけに強引な併合や実効支配に乗り出されることも考えられた。

さらに主権国であるメルテもまた、エストスを対バルテールの要衝として直轄地にしたいという目論見《もくろみ》があり、エストス家の懸念材料となっていた。

これらの事情から、女性であるノーラを後継者にするには不都合が多すぎた。

エストス侯は、当時のメルテの宰相であるヴィーゲルト公爵に助言を求めた。ヴィーゲルトは領国の併合に対し慎重派であった。結果、ノーラはノアという男性名を名乗り、男児の後継者として育てられることとなったのだった。

エストス侯の後継者として、勉学に励み、剣や槍《やり》、馬術に励んだ。銃火器の手入れや馬の世話は、家人や配備されているメルテン連邦軍兵士たちに習った。

剣術や馬術に素養があるのは誰の目にも明らかで、父であるエストス侯はノアの出来《でき》の良さを喜んだ。領主が兵を率いることは稀《まれ》だが、自身は若い頃に経験していた。女の身でもノアは尊敬される立派な領主になれるだろうと期待した。

そんなノアを誰よりいつくしんで育てたのは夫人のビルギットであった。

『ノア、あなたは男子として生きるけれど、女性の部分もあるのです。女性であるノーラを心の片隅に置き、忘れないようにしておくんですよ』

親友であったリーサを思ってか、女性の心を忘れさせたくなかったのか、夫人はノアの長い髪を好んだ。また実母の代わりに、ノアにひっそり女性の心得や作法を仕込んだ。しかし、こちらはあまりノアに身につかなかった。披露する場がなく、ノア個人にも女性の在り方はなじめるものではなかった。

『お義母様、ノアは未来のエストス領主というお役目を誇りに思っています。女性としての在り方は胸に秘め、今はひたすらに文武に励みたいと存じます』

刺繍《ししゅう》や読書を放り出して、馬を駆り剣を握るノア。無邪気に笑う少女を、夫人は困った子だと抱きしめたのだった。

この状況が一変する事態はノアが十二歳になった年に起こった。

エストス侯夫人が懐妊出産したのである。

マルティンと名づけられた男児は、両親によく似た栗色《くりいろ》の髪と瞳を持つ健やかで愛らしい赤ん坊だった。ノアは年の離れた弟に夢中になったし、我が子が生まれてなお分け隔てなく愛してくれる両親には感謝を覚えた。家族は四人になり、いっそう楽しい日々がやってくるのだと信じた。

しかし、周囲は一家をそのままにしておいてくれなかった。

エストス領国に古くから住まう名家の長たちが、マルティンこそ正統なエストスの後継者だと主張し始めたのだ。ノアはリーサによく似た銀色の髪とアイスグレーの瞳を持ち、陶器のように白い肌をしている。エストスの民に似たような容姿の者はなく、ノアは明らかに他民族の血を感じさせる風貌をしていたからだ。

妾腹《しょうふく》とて長子であるノアを後継者にするとエストス侯は主張したが、軋轢《あつれき》は年々大きくなるばかり。十五になる年にノアは自ら決断した。

『メルテン連邦軍に従軍したく存じます』

エストス侯夫妻はひどく驚いた。馬術も剣術も仕込んできた。娘には素養もあった。しかし、十四の娘が男のなりのまま兵士になると言い出すとは思いもよらなかったのだ。

『お父様とお義母様が、私を愛してくださっているのは嬉しいです。でも、このままではエストス領内は混乱します。私が後継者を降り、兵士として従軍する。代わりに後継者をマルティンとしてください』

『女であるおまえに務まるほど軍隊は甘くはないぞ』

兵士の資格に男女はない。しかし、暗黙のうちに男性しかいない社会が出来上がっている。大抵の女性が力で男に勝てない以上、兵士に不向きと見なされるのは当然だろう。さらに男社会で女性だと露見すれば、ノアの身がどうなるか。両親の心配はもっともであった。

『カイがともに来てくれるそうです。つきましては、士官学校への入学手配をお願いしたく存じます』

乳兄弟のカイと、カイの母で乳母だったミリーはノアの決意を理解してくれた。ミリーはリーサの同僚であったし、ノアが家族とエストスのために後継者を降りようとしているのをいち早く理解してくれていた。

エストス侯夫妻は反対し、ノアを引き留めた。ノアの死を偽装し、メルテの貴族家に女性として嫁がせるなどという案も出たが、それこそノアには苦痛であった。男として生きてきた自分に、女の生など与えられてはたまらない。

それに、ノアが従軍を選んだ一番の理由は、自身の立身出世のためである。軍で地位と発言権を得て、エストス領国の直轄地化を防ぐのだ。マルティンが成長したとき、なんの不安もなく父からエストス領国を受け継いでほしい。

ノアは自分の意思で、エストス領国を出た。

引退した元宰相のヴィーゲルトの手引きで、ノアだけでなくカイも、貴族しか入れない士官学校に入学した。三年間座学と実技。十八歳で戦場に出てからは、下位将校として兵を率いてきた。

女性としては上背があり、剣術も体術も得意な肉体は、全身しなやかな筋肉に覆《おお》われている。

冴《さ》えた美貌から、男性として生きていても上官や同輩に懸想されることがしばしばあったが、カイにも助けられここまでやってこられた。

今回の騎士叙任と第二王子護衛班への抜擢は、ノアの未来には大きな前進となる。ヨハンを守り、その実績を手に出世の道を駆けあがるのだ。

⚔ ⚔ ⚔

ノアとカイが正式に第二王子護衛班に配属されたのは、ヘニッヒ中佐に呼び出された翌週だった。護衛班は王宮東棟の一室を詰所として与えられた。ヨハンの住居の離宮に近いというのも理由である。王宮敷地に隣接した近衛兵舎から毎朝ここに集合し、ヨハンを迎えに行くことになる。

この日の早朝、ノアとカイは詰所の一室にやってきた。ヨハンの出立から警備につくので、その前にメンバーと顔合わせをしておくためだ。

部屋にはすでにふたりの兵士がいた。窓際に立っているふたりはノアよりかなり上背がある。ヨハン王子も高身長だったが、同じくらいか少し高いといったところだろう。振り向いたふたりの顔立ちはそっくりだった。プラチナブロンドの髪に真っ白な肌は、ノアと同じくメルテン以外の血脈を感じさせた。

「カイ・キースリングだ。こっちはノア・クランツ。今日からよろしく頼む」

カイが先に挨拶をすると、向かって右側にいるやや釣り目の兵士が口を開いた。

「知ってる。エストス領の跡目争いに負けた長子とその腰ぎんちゃくだろ」

カイよりノアがぴりっときた。自分は言われ慣れているが、カイを馬鹿にされるのは何度経験しても腹が立つ。カイは意に介さず笑った。

「ああ、腰ぎんちゃくだ。でも、ノアも俺も今は一介の兵士で、おまえらの同僚なんでよろしくな」

「おいおい、ジェイ、感じ悪くするなよ。ごめんな。俺はベンジャミン・フレンツェン。ベンジーって呼んでくれ。こっちは双子の兄のジェイデン・フレンツェン。ジェイでいいよ」

左側にいる兵士の方が口を挟んだ。そっくり同じ顔だが、口を開くと印象が真逆なのが面白い。

「愛称で呼んでいいのは家族だけだね」

ジェイデンは冷たく言って窓の方を向いた。どうやら仲良くする気はあまりないらしい。

すると後方のドアが開き、新たにふたりの兵士が入室してきた。屈強そうな方の騎士は例の有名人で、ノアもカイも知っていた。ドミニク・ハインミュラー。若手の有望株だ。

ドミニクが集ったメンバーを見渡し、口を開いた。

「そろってるな。今日から護衛班のまとめ役をやることになった。ドミニク・ハインミュラーだ。メンバーの中では最年長になる。よろしく」

ドミニク・ハインミュラーは確か二十八歳。幾多の戦場で戦果を挙げ、最年少の二十歳で騎士の称号を授与された。近衛隊では王太子の従士をしていたはずだ。

ドミニクの後ろにはさらに上背のある若者が控えていた。背こそ一番高いがひょろりと細く、この場にいる誰より若いのが見て取れる。明るい茶色の髪と瞳が大きな犬を連想させる青年だ。

「オスカー・グリッケです。皆さんと比べると、まだまだひよっこですが、よろしくお願いします」

この六名がヨハン護衛班。ドミニクとカイ以外はよく知らないが、ノアはもとより同僚や部下に期待は持たない方だ。人間的に仲良くする気もないし、仕事の邪魔にならなければそれでいい。

ドミニクが全員に向かって告げる。

「早速だが、俺たちの任務について説明する。ヨハン様が王宮敷地外に出るときはすべてお供をする。ヨハン様は休日以外毎日、行政府庁舎に出勤されるのでその送迎。連邦政府議会に出席されるときは午前のうちに議会堂に移動されるし、昼食時に会食に出かけられることも多い。夜はパーティーの招待もある」

それらすべてにこの六人がぞろぞろとついて回ることになる。さらに周囲を近衛兵が何重にも警備する。かなり物々しい行列になるだろうことは想像できた。

「ご移動は馬車か、ドミニク？」

ジェイデンの質問にドミニクが頷く。

「行政府庁舎と議会堂は近いから以前は徒歩だったそうだが、今は万全を期して馬車だ。俺はヨハン様につき、二名は先着して安全確認。他三名は騎乗して周辺警備。出入口に限りなく近づけて馬車をつけるから、三名は馬を降り、先着の二名とともに王子の身辺を守れ」

「行政府庁舎内、議会堂内での警備は」

ノアが尋ねると、ドミニクがこちらを見た。

「基本は周辺警備だな。執務室前に交代で立って、残りは控室で待機。議会中はホール内外を分散警備だな」

「毎日朝から晩までそれかあ。休みなしだ」

ベンジャミンが明るい口調で言った。実際、休みなしの勤務が想像できる。

「そうだな。ヨハン様の休日に交代で休みを取る形になるだろう。普通に近衛兵をやっていた方が休暇は多い」

「山場はふた月ってヨハン様が言っていたけれど」

カイが言う。法の改正案が可決するタイミングである。

「ああ、例の貿易関税法改正だな。しかし法案が通ったら、今度は報復に警戒しなければならないだろう。もともとヨハン様はあのお立場の割にご本人の希望で警護兵が手薄だった。今後もこの警備体制は崩れないと思うが、まだわからないな」

「僕たちがこの役目を解かれるのは、僕ら自身が昇級し、後任が入ってくるとき……。そうとってもいいんでしょう、ドミニク」

ジェイデンの口調には野心があった。それはノアも持っている野心だ。この役目をきっかけに身を立てる。

「そうなるのが理想だな。休みもなく、常に緊張を強いられるが、大事なお役目だ。おまえたちもチャンスが巡ってきたと思って励んでほしい」

「ドミニクみたいなエースが配属されてるんだから、俺としては期待しちゃうな、護衛班の任務」

ドミニクの返事に、ベンジャミンが浮かれた声をあげ、周囲に「なあ」と同意を求める。

ノアはぽつりとつぶやいた。

「逆に言えば、ひとつでも失敗があれば、兵士としては終わりだ」

しんとサロンが静まり返った。ベンジャミンが口の端を持ち上げる。

「ノア、怖いこと言うなよ。縁起悪いなぁ」

「辛気臭いヤツ」

吐き捨てるようなジェイデンの言葉に、それまで黙っていた最年少のオスカーがかぶせるように言った。

「そのくらい緊張感を持って挑むべきってことですよね！　オレ、頑張ります！」

「ああ、そういうことだ」

ドミニクは落ち着いたもので、ざわついた班員をさらりと収めると袖をまくり腕時計に目を落とした。

「さあ、間もなくヨハン様の出発時刻だ。向かうぞ」


ヨハンの住居である離宮前に馬車はすでに到着していた。今日は初日であるため、全員がまずヨハンの前にそろい挨拶をする。ヨハンとはそれぞれもう面談済みではある。

「ああ、今日からよろしく頼む。あちこち出かけて忙しくさせるけど、空いた時間は好きに休んでくれよ」

ヨハンは相変わらず軽快な口調だ。とても命を狙われているような立場には見えない。

以前城下で出くわしたこともある。もともとマイペースな性格なのだろう。今も命を狙われている実感があまりないのかもしれない。暴漢に襲われたとは聞いているが、本人に到達する前に取り押さえられているはずである。それでは危機感も薄いままだろう。

それでもメルテン連邦の主権国メルテの王族である。もう少し威厳と気品に満ちていてほしいものだ。

カイとオスカーが行政府庁舎へ先着するために出発し、間もなく馬車と騎馬が出発した。王宮正門直前で近衛隊がつく。メルテ王や王太子には以前からこのくらいの警備がついていたはずであり、ヨハンが今まで手薄だったのだ。

城下でも中心地にある行政府までは馬車であっという間の距離だ。行政府の門を入り、車寄せでヨハンを降ろす。ドミニクがヨハンのすぐ後ろにつき、前後左右に四人が配置。少し先をもうひとり、という隊列で、彼の執務室まで送り届けた。

「いや〜、昨日までニコとふたりで歩いてきた廊下を、六人に囲まれるとなんか変な感じだね」

ヨハンはへらへらしている。ニコと呼ばれたヨハンの秘書・ニコラウスが厳しい視線をヨハンに向けた。

「今後はずっとこの体制ですので」

「はいはい、了解だよ〜」

あまりにのんきすぎる言葉に、ニコラウスが不機嫌に眉をひそめるのが見えた。

執務室にヨハンが入ると、ドミニクとジェイデンが報告のために一度王宮に戻った。オスカーは先着で議会堂へ、カイが執務室の前に立った。ドアひとつ隔てた控室に残ったのはベンジャミンとノアだけだ。一時間少々でまたヨハンの移動となる。

すると、執務室と控室をつなぐドアが開いた。顔を出したのは、たった今送り届けたヨハンである。

「ヨハン様」

「ノアとベンジャミン。……ベンジャミンでいいだろ。合ってるよな」

双子のどちらかまだ咄嗟《とっさ》にはわからないようで、目を細めて確認してくる。

「合ってますよ、ヨハン様。ベンジーって呼んでください」

ベンジャミンが同じくらい気楽に返した。陽気で、無礼ともいえるくらい人懐っこい性格のようだ。

「どうなさいましたか？」

「ただの様子見。職員に紅茶を運ばせるから、少し休んでくれよ」

甘い菓子もあるぞ～と笑顔を見せるヨハンは、平民の青年にしか見えない。こういった親しみやすさが民衆の人気の秘訣《ひけつ》なのだろうが、あまりに気が緩みすぎだ。この場にいるのが若干緩めのベンジャミンなので、またいっそう雰囲気のしまりがなくなっていく。

「ヨハン様、ありがとうございます。菓子は嬉しいですね。俺、甘いもの大好きなんですよ」

「そっかそっか。ノアは？　甘いものは好きか？」

ノアは黙っていた。このやりとりが時間の浪費だとわかっていたからだ。

「あ、もしかしてイケる口か？　酒飲みはあんまり甘いもの食べないもんなぁ。じゃあ、夜にでもおまえたちの詰所に酒を贈ろうか」

「……酒も甘味も無用です。お気遣いのお心だけ頂戴します」

ぶっきらぼうなノアの返しに、ヨハンはふうんと上から覗き込んでくる。

「実は飲めないな、酒」

内心ぎくりとしたノアである。酒は飲めないわけではないが、すぐに眠くなるので飲まないようにしているのだ。

「俺は酒好きですよ！」

「よし、じゃあベンジー、今度飲み比べだ。ノアも参加するか？」

「遠慮しておきます」

ここで彼のペースに乗っても仕方ないので、ノアは仏頂面を貼り付け、主が一刻も早く職務に戻るのを祈るばかりだ。やがて、ニコラウスがやってきてヨハンはさっさと回収されていき、入れ違いにドミニクとジェイデンが戻ってきた。

第二王子は人間としては多くの人に好かれるだろう。しかし、あまりに緊張感がない。切れ者というのも噂程度でしかなさそうだ。

（あんな人を守るのか）

職務であるから当然と思いながらも、どこか腑《ふ》に落ちないノアだった。

その後、ヨハンの出入りすべてに同行、警護をした護衛班だったが、特に何事も起こらずに初日は終わったのだった。

「綿密な打ち合わせもないのに、初日からよく動いてくれた。警備が厚くなったというのは傍目《はため》にも明らかだ。ヨハン様を狙う連中もおいそれと手出しできないと考え直すだろう」

王宮東棟の詰所で、ドミニクは初日の成果を挙げ、ねぎらいの言葉をかけた。

「明日からもこの調子で行こう。頼んだぞ」

確かに警戒は強くなり、ヨハンを簡単には狙えなくなった。しかし、それなら狙い方を変えればいい。

……と、また不穏なことを言っても仕方ないので、ノアは黙って敬礼をした。

誰が来ても主を守るだけである。

それが、少し残念な相手でもだ。

第二章

凶弾

ヨハンの護衛が始まり、五日が経《た》った。

ここ五日のノアたちの仕事は非常にシンプルである。行政府庁舎や議会堂への送り迎え、出先へ同行、最後にヨハンの住居に送り届ける。イレギュラーなできごとはひとつもなく、城下の市民もヨハンの移動行列を見慣れた様子だ。

王宮敷地内については、周囲を近衛兵が固めた離宮内では自由にしてもらっている。それ以外を出歩くときは、念のため誰かがつくようにしている。しかし、勝手に城下を出歩いていたヨハンだ。護衛班に何も言わず王宮内を出歩いてはいるだろう。

ともあれ、この五日は平穏といえた。

ヨハンの移動は物々しく、市民はまず近寄れない。以前は民衆に手を振ったり声をかけながら移動していたそうだ。民衆人気のためとはいえ、この先は控えてもらった方がいいだろう。

「平和なのは何よりだなぁ」

カイが椅子の背もたれに寄りかかり、大きく伸びをして言った。

昼下がり、王宮東棟の詰所にはドミニク以外のメンバーが集まっていた。ヨハンは現在、離宮で着替え中だ。今夜は議員宅のパーティーに呼ばれている。ドーレス伯爵というメルテ旧家出身の議員で、法改正の支援者でもあるため、顔を出さざるを得ないのだ。

「仕事以外は城下の中心地で会食にパーティー。華やかな行事ばかりで、本当に狙われてるのかなって感じだよ」

「どこでも警備が厳重でしたし、オレたちもそろってるから、暗殺犯は困ってるんじゃないですかね。平和なのは護衛班の効果でしょうか」

カイの言葉にオスカーが同意する。するとジェイデンがふっと鼻で笑うように息をついた。

「平和ね。想定通りだろ。この先も僕らにたいした出番はないさ」

皮肉っぽく含みのある言葉が気になってノアが見やると、視線に気づいたジェイデンが呆《あき》れたように眉をひそめた。

「まさか、おまえたち、僕たちが額面通り護衛のために集められたと思ってるの?」

「違うんですか?」

オスカーが驚いて、次に不安そうな顔で尋ねる。

「ヨハン様が暴漢に襲われた事件をきっかけに、オレたち集められたんですよね」

「その暴漢について、詳しい情報を誰か聞いている？　王族や貴族の前に不審者が躍り出るなんて、よくある話じゃないか」

ジェイデンは猫のような釣り目をすっと細めた。

「ドミニク以外の五人が騎士に格上げされたのはここ数ヶ月。この人事のためだ。オスカーなんてドミニクの騎士叙任の最年少記録を三ヶ月も短縮しての称号叙任だ」

「護衛班のメンバーに入れるんだから、そういうこともあるだろうよ」

カイの言葉を嘲笑してジェイデンは続ける。

「それなら他に武勇優れる騎士はごまんといる。僕たちがわざわざ称号をもらってこの役目を与えられた理由は容姿だよ、容姿」

「容姿……」

「そう。ノア・クランツ。おまえは武勲以上に、たいそうな美貌で有名じゃないか。見事な銀色の髪、洗練された顔立ち。女より綺麗な顔をしているよ。腰ぎんちゃくもそう悪い顔はしていない。僕とベンジーはごらんの通り。オスカー、こいつも目鼻ははっきりしているし、何より身長が高くて見栄えがする。ドミニクはみんな知ってる若手騎士。未来の聖騎士、大将軍候補」

ジェイデンはメンバーを見渡し、はっと息を吐いて首をすくめた。

「そして僕たちの主、ヨハン・レオナルト・メルテ王子を見てごらんよ。まあなんとも色男じゃないか。想像してみるといい。美しい第二王子が顔かたちの整った若い騎士を五人も六人も連れ歩いていたら、民衆は歌劇座の役者を見るより盛り上がるってものさ」

「私たちは、王子のお飾りに集められたという意味か」

ノアは低い声で尋ねた。怒ってはいない。

「そんなところだろうと思うけどね。実際、王子の周りは平和そのもの。仰々しい警備行列はまだしも、僕たち護衛班なんている意味がある？」

「まだわからないだろ。ジェイデン、おまえは結構なひねくれ者みたいだけど、メンバーの士気を下げるような物言いは控えた方がいいぞ」

のんきなタチのカイが珍しく怒りを秘めた声で言ったが、ジェイデンは聞こえていないかのように背を向けてしまった。代わりにベンジャミンが口を挟む。

「カイがさっき言った通り、平和ならそれに勝るものはないよなー。どっちにしろ、仕事は仕事なんだし、やること変わんなくない？」

「ベンジャミンの意見に賛成だ。職務に忠実でいるのが騎士の務めだろう」

ノアの言葉にオスカーも賛意を示し、その場はなんとなく終わりとなった。実際、ノアはジェイデンの言説も一理あると思っていた。

もとより国民人気の高い第二王子である。メルテン連邦の行政の頂点である国務大臣に、ヨハンはいずれ就くだろう。

王子が出歩くたびに見目のよい従士たちが付き従い、彼を守る姿は、いっそう印象をよくするに違いない。

メルテン連邦政府の要人のほとんどは、メルテの貴族が占める。平民である城下の市民には参政権がなく、為政者たちを嫌っている者も多い。そんな中、人気のある第二王子ヨハンの印象をさらによくし、求心力を高めたいというのはあり得る施策だ。

「時間だ。ドミニクと合流した方がいい」

パーティーに向かうため、ヨハンが出立する時刻まであとわずかだ。

今日はノアとカイが先着班なので、別働で出発する。

「カイ、行こう」

まだジェイデンに対していい感情を覚えていない様子のカイを引きずるようにして、ノアは詰所を出た。

ドーレス議員の邸宅は城下東地区にある。郊外といえるほど城下中心地からは距離があるが、その分屋敷は広く、邸宅の裏には庭園とブドウ畑が広がっているそうだ。

ノアとカイが到着した時分、日はずいぶん傾き、東の空には宵闇が迫っていた。今日のパーティーに招かれた貴族たちが何組も玄関の大きな階段を上っていくのが見えた。

周辺を取り急ぎ確認するが、住居や商店が密集している地域ではないため、隠れる路地などはない。潜伏できそうな藪《やぶ》や木立は邸宅正面には少ないが、階段横にある門をくぐると、中庭まで遊歩道になっているそうだ。そのあたりは緑が多いので、念のためにぐるりと歩いてきた。

カイが先ぶれをドーレス議員の家人にしているうちに、ノアは安全面のチェックを済ませた。普段と違う行動範囲に出るときは、いっそうの警戒が必要だ。

「見晴らしはいいが、この階段をヨハン様に上っていただく際は注意だな。段差でヨハン様の頭が見える。有効射程を考えると小銃での銃撃はないと思うが……いやどうか」

ノアが周辺の安全確認をしながら話しかけるが、カイはぶすっとした顔をしている。

「ノアはさっきのジェイデンの言葉、どう思う」

自分たちがお飾りの護衛班だということだ。ノアは緩く首を左右に振った。

「完全に否定はできない。実際、私とおまえの騎士称号だって、護衛班に組み入れるためのことだろう。もちろん、ジェイデンの言うように容姿だけで選ばれたとは思いたくないな」

ヨハン本人がのんきな様子といい、実際はさほど危険な任務ではないのかもしれない。それでもこの役目を終えれば、軍上層部の覚えはよくなるはずだ。不本意であっても、それが己に与えられたなら全うするしかない。

「ヨハン王子と従士たちという偶像に、民衆が憧れ、慕う。王宮内務や行政府がそういった広報活動をしても不思議ではないさ」

「そんな役者みたいな役目、俺は納得いかないね」

「それでも、私たちは決められた仕事をこなすだけ。……ん？」

ノアは階段の中腹で顔をあげた。城下のはずれは農家や小さな家々、教会が点在している。大きな建物はこの邸宅以外ないといっていい。潜める葉の茂った樹木や藪も、この方向にはない。しかし、どこかから視線を感じたのだ。

「時計台……まさかとは思うが」

ここから少し離れた町中の時計台が目に入る。

「間もなくヨハン様の到着だ。カイ、頼まれてくれるか。あの時計台が気になる」

「何？」

「視線を感じた」

勘という言葉にすれば曖昧だが、戦場を経験した兵士であれば信じるに足る要素でもある。確かに今、視線を感じた。この階段からまっすぐ視線が届く高い建物はあの時計台以外にない。

ほんの数瞬前までジェイデンの言うこともっともだと、護衛班の存在意義を疑いかけていたノアが、今は妙な予感に胸のざわつきを覚えている。この嫌な感覚は戦場で何度も味わってきた。

「銃撃があるにしても、小銃の射程から倍以上距離があるぞ」

「噂で聞いたことがある。海外で開発されている長距離狙撃銃……」

現在戦場で使われている小銃で時計台から届くものは国内にも近隣諸国にもない。しかし、海の向こうの新興国ならどうだろう。戦場には出回っていないが、長距離狙撃銃の需要はあり、新大陸の新興国では武器の開発が盛んだと聞く。この国の鉱物資源はそういった国にも売れているのだ。

「前回の暴漢はナイフだと聞いている。そんなたいそうなものを持ち出すような相手だと思うか？　それに間もなく日も暮れる。銃撃には向かない」

「階段はランプの灯《あか》りがある。狙撃は可能だ。何もなければそれでいい。カイ、頼まれてくれるか？」

五日間、ヨハンの移動はほぼ城下の中心地のみ。今日ドーレス邸へ赴くのが、ここ最近では一番王宮から離れる日程となる。

用心に越したことはない。

「わかった。おまえがそう言うなら俺は従う」

勘に頼った願いでも、長年ともにあるカイには理解に足る内容となる。カイは厩《うまや》から自身の愛馬を駆って時計台に向かった。

入れ違うようにヨハンの移動する隊列が、家屋や教会の間を抜けてくるのが見えた。

計算する。

狙撃はあり得ると仮定した方がいい。カイが間に合わなかった場合、凶弾がヨハンを襲うだろう。

ヨハンの乗る馬車がドーレス邸の車寄せに到着した。

「ノア。カイは？」

馬を近衛兵に任せ、ベンジャミンが声をかけてくる。

「離れた地点で周囲警戒をしている。……オスカー、こっちへ。頼みがある」

ノアはオスカーにカイを追うように言付けてから、馬車に歩み寄った。誰より先に馬車の中を覗き込むと、そこにはヨハンとニコラウス、そしてドミニクが待機している。

「ドミニク、邸宅への経路変更の相談を。中央の階段を避けたい」

すると、ドミニクより先にヨハンが答えた。

「いいよ。危ないって判断だろ」

「はい。ご迷惑をおかけしますが、ポーチから入れるよう手配します」

ヨハンの横の秘書・ニコラウスが眉をひそめた。

「仮にも第二王子がポーチから訪問だなんて。あなたたちは王子を守るのが仕事なのではありませんか？」

「安全のための判断です。どうか、ご理解を」

「そうだよ、ニコ。ちょっとでも危ないなら避けた方がいい。俺、あんまり喧嘩《けんか》強くないしね」

このやりとりの間にカイが何者かを捕らえていればいいのだが、時間的には厳しいだろう。そもそもノアの勘が杞憂《きゆう》なら、それが一番いい。ノアは自分の乗ってきた馬の鞍《くら》に手をかけた。

ヨハンを囲んだ一団は階段の前を通り過ぎ、階段横の木立に向かう。遊歩道の入口には吊《つ》り下げられたランプと鉄製の門。その一角だけうっそうとして見えた。先ほどここに誰かが潜んでいないかは確認済みだ。

「ヨハン様、こちらへ」

ジェイデンが門を開け、入口に誘う。その一瞬、ヨハンの姿が護衛班とぐるりと囲んだ近衛兵の間から露出した。

ノアはヨハンの真横に躍り出た。

タンという軽い音が響き渡る。

ノアは全身に衝撃を感じた。手に持った馬の鞍に銃弾が命中したからだ。

ぐっと足を踏みしめ、ノアは叫んだ。

「狙撃だ！」

言うなり、ノアはヨハンに覆いかぶさり、二発目に備えた。弾を込め直す時間がいるはずだが、万が一連射式であればヨハンが危ない。

ドミニクらが腰に佩《は》いたサーベルを抜き、周囲を警戒し、近衛兵たちが幾重にも垣根を作る。

「ノア、これを持て」

ノアの身体の下でヨハンがもぞもぞと動き、ノアの手に何かを握らせた。拳銃である。軍本部で見たことはあるが扱ったことはない。ヨハンの私物のようだ。

「あそこのランプと、あそこの街灯。撃てるか？　二発目に備えたい」

ヨハンは非常に冷静だ。周辺は薄闇。灯りを消して狙わせないようにするつもりだ。確かにこのまま二発目がくれば、誰かは確実に的にされる。

「前装式じゃない。撃鉄で雷管を叩いて撃つ。これを上げて、さあ狙うんだ」

「承知しました」

ノアはヨハンを背後に守りながら、初めて手にした拳銃を門にかけられたランプに向ける。パンと音がして、ランプが割れた。ヨハンが即座に拳銃を受け取り、懐から取り出した装薬と弾丸を詰め、撃鉄を起こして雷管をセット、さらに撃鉄を上げ準備万端の状態でノアに手渡す。非常に手馴《てな》れた素早い動作だった。

ノアは指示された通り、木立からのぞく街灯を狙う。少し距離があるし小銃とは操作が異なるが、的を狙うのは得意だ。街灯の真ん中めがけて引き金を引いた。

ふたつのランプが割れ、周辺は玄関の階段以外、闇に包まれる。

「今だ」

ドミニクが声をあげ、ジェイデンとベンジャミンがヨハンを助け起こし、守りながら門の奥へ入っていった。

ノアは拳銃を懐にしまい、腰に佩いたサーベルを持って続く。ヨハンの周囲を守りながら、中庭のポーチへ到着した。外での騒ぎが多少聞こえていたようで、室内では招待客らがざわめいている。

「ヨハン王子……、これは」

周囲をがっちり固められ、転がるようにポーチにたどり着いたヨハンらに、ドーレス議員が驚いた様子で声をかける。

「ドーレス殿、申し訳ないがランプをふたつほど壊してしまったよ。いやあ、すまない」

ヨハンはいつも通りの笑顔だった。


ノアは現場をドミニクらに任せ、遊歩道を狙撃現場まで戻った。近衛兵らが大挙しているが、ノアの姿を見て敬礼した。

「ヨハン様がお帰りになる前に、もう一度周辺の捜索を。怪しい輩がいないか捜してくれ」

はっと短く返事をし、近衛兵らが散っていく。

銃撃は一度きりだった。カイが止めてくれたのか、ランプを壊してそれ以上攻撃できなかったのか。どちらにしろ襲撃は失敗だろう。しかし、油断はできない。

ややしてオスカーが単騎で、時計台の方から駆けてきた。

「ノアさん、狙撃手と仲間二名を拘束しました。今、カイさんと兵士が捕縛して連行しています。ヨハン様にお怪我《けが》は」

「ない。銃撃されるだろう地点と方向を予測して、これで受けたから問題ない」

ノアは馬の鞍を差し出して見せる。弾痕は穴が開くほどではなかった。距離があった分、威力はだいぶ下がったようだ。

「それ、馬の鞍ですよね。そんなので受けたんですか？　っていうか予測？」

オスカーが頓狂な声をあげた。ノアはさも当然というように無表情で答える。

「狙われるタイミングがわかれば不可能でもない。通常なら馬車を降りた瞬間が一番危ないが、今回は狙いやすい階段に的を絞るだろうと思った。こちらが階段を使わないと敵が気づいたら、次は遊歩道の入口だ。ランプがあり、ヨハン様のお姿を視認しやすい」

「だからって、……これで本当に受けるなんて」

「当たったのは偶然かもしれない。長距離狙撃銃は未知だが、精度も殺傷能力もさほど高くはないだろうと踏んでいた」

実際ノアは鞍だけではなく、馬車のカーテンをはがし、ヨハンの姿を隠す目的で広げていた。自身の身体は軍服の中に胸甲を着こんでいるので、鞍は頭を守るために準備しただけ。

「そんな無茶苦茶ですよ……。身体にあたって、場所が悪ければ……」

「ヨハン様の盾になれればそれでいい。まあ、低威力を想定していたからできたことだ。そう無謀ではないから安心しろ」

淡々と説明するノアを信じられないという顔でオスカーは見つめていた。少なくともオスカーは同じ判断をしないだろう。それを考えると、あの状況で冷静にノアに拳銃を渡して指示を出したヨハンはなかなか度胸が据わっている。

「狙撃犯の確保をドミニクたちに報告しよう。ヨハン様には挨拶だけでお帰りいただく方がいいだろうな」

ノアはまだ言葉にならないオスカーを伴い、邸内に入っていくのだった。


ヨハンは早々にパーティーを切り上げ、王宮からの増援部隊と護衛班に守られての帰城となった。離宮には戻らず、一度王宮内に向かったのは今日の件について王宮内務とやりとりがあるのだろう。護衛班からはドミニクが報告で同行していった。

詰所に待機しているメンバーにはピリピリした空気が流れていた。ジェイデンが言ったお飾りの護衛班どころではない。ヨハンは狙われ、狙撃された。しかも、海外の狙撃銃などおいそれと手に入らないものまで持ち出す相手に。のんきに構えている場合ではなくなった。

やがて、ヨハンがニコラウスとドミニクらと詰所に立ち寄った。

「今日はご苦労。助かったよ」

護衛班をねぎらう言葉をかけるが、本人は狙われた直後なのに、けろっとしている。

「まあ、こんな感じで狙われたりするんだけど、狙撃は初めてだったから驚いたよ。ノア、すごいねー。よくあんなの受けたね。怪我はないか？」

「ありがとうございます。ご心配には及びません」

想定して構えたところに当たっただけで、敵方の銃の精度も考えれば偶然の要素は大きい。

それよりも懐から最新式の拳銃を取り出し、手際よく準備してノアに撃たせたヨハンの方が驚きである。

「カイも犯人確保お手柄だね」

「はっ、もったいないお言葉です」

「犯人は尋問にも黙秘しています。どこの手の者か明らかにするには時間がかかるでしょう」

ヨハンの横で秘書のニコラウスが口を開いた。ニコラウスはヨハンとは対照的に銃撃のショックが大きいようだ。髪は乱れ、表情には疲労がにじんでいる。

「前回、ナイフで襲い掛かってきた暴漢もまだ黙秘中です。当面は警備を強化することでしか対処ができません。護衛班の皆さんにはさらに密接にヨハン様をお守りしていただくこととなります」

「で、今しがた王宮内務から呼び出されたんだ」

ヨハンはぐるりと護衛班を見渡した。ドミニクが後を引き取って言う。

「我ら護衛班は、今後ヨハン様のお住まいの一隅に拠点を構え、ヨハン様から片時も離れずお守りすることとなった」

「俺の離宮に同居ってこと。いやあ、手間かけるけど頼むよ」

あっけらかんとヨハンは言い切る。今までは王宮の端にある詰所を拠点にし、職務が終われば王宮に隣接している近衛隊舎に戻っていた。これからは、ずっと離宮でヨハンとともに暮らすというのか。

「詳しくはドミニクから説明があるから。さて、俺は戻って、おまえたちが住めるように部屋を片づけなきゃね。ノア、離宮まで護衛してくれる？」

踵《きびす》を返したヨハンに、指名されたノアは急いで付き従った。

王宮内は広いので、敷地内を馬車や馬で移動することも多い。ここから離宮まではさほど離れていないのでヨハンはニコラウスとノアを伴い徒歩で行く様子である。

王宮内は安全だとは思いたいが、何かあったときに木立や庭園に遮られた離宮に駆けつけるのでは間に合わない可能性もある。ヨハンの邸宅に護衛班が詰めるのは現実的な案だろうとノアは考えていた。

「ノア、今日は本当にありがとう。なんで銃撃があるってわかったの？」

素直なヨハンの問いに、ノアは一瞬自分自身が敵方との内通を疑われているのかと思った。しかし、ヨハンの瞳に疑いの色はない。

「ある程度決まったヨハン様の日程の中で、本日の予定は変則的でした。さらにドーレス議員邸は城下東のはずれ。ヨハン様が城下中心部から離れる機会は少ない。またあの邸宅の階段は護衛班だけではカバーしきれず、狙撃の可能性があると思ったからです」

「時計台っていうのはなんでわかったんだ？」

「どこかから視線を感じたのに、近くに狙撃しやすい建物や木立がありませんでした。長距離狙撃銃は噂でしか知りませんでしたが、万が一があります。何もなければそれでいいですが、〝たまたま〟が続いたときは気をつけた方がいいと考えました」

たまたま中心地から離れ、たまたま狙われやすい階段がある。そして誰かに見られているようなあのぞわっとする感覚。

「それは戦場での経験上？」

「はい」

ノアは答え、それからヨハンをじっと見た。

「たまたま条件がそろったように見えて、そろえられていた、というのは経験があります。怪しいと感じたら、普段の何倍も警戒します。今回はそれが当たりました」

ヨハンは軽く笑い声をあげた。

「たまたま条件がそろったように見えて……か。なるほど、優秀だ」

「もったいないお言葉を頂戴し恐縮です。……ヨハン様のあの拳銃は」

「ああ、イイだろ？」

ノアが返した拳銃を、ヨハンは懐から再び取り出して見せた。

「メルテの技術者たちが開発してるハンドガン。俺が命じて作らせてるの。ちなみに、狙撃銃の研究もさせてるよ。今回、押収したのも技術者たちに横流しするつもり」

「護身用にお持ちだったのですか？」

「いやいや、違うよ」

ヨハンはそう言い、銃を眺める。

「ノアもそうだろうけど、銃は単純に面白いだろ。俺も整備や機構を知るのは好きなんだよ。護身用って言っても、俺じゃ当たらないからね。咄嗟にノアが躊躇《ちゅうちょ》なく運用してくれて助かった。いやあ、あれはしびれた」

思い出しているようでうんうんと頷くヨハン。

「発射までのヨハン様のお手際も、素晴らしかったです」

「ホント？　銃士隊が務まるかな」

「新兵よりよほど冷静でいらっしゃいました」

ノアの返答にそれまで黙って聞いていたニコラウスが咳払《せきばら》いする。いち従士の立場で気安すぎたとノアは反省した。そして、主相手に親しげに会話してしまった自分に驚いた。他者とは常に距離を持って接しているのに。

するとヨハンがノアをじっと見つめている。暗い小道でもその視線は熱かった。

「今日は本当にしびれたよ。ノア、おまえは格好《かっこう》いいね。いい騎士だ」

「ヨハン様……」

「美しいだけじゃない。強くて凛々《りり》しくて、賢明だ」

騎士として気に入ってもらえるなら、それは立身のためいいことだろう。愛想よく振る舞えはしないが、つんけんする必要もない。

「ノア、これからもたまに話し相手になってくれるか？　おまえと話すと頭が整理されていいよ」

過大評価だと思いつつ、ノアは頭を下げ低く答えた。

「私でよろしければ。ご期待に添うよう、精進いたします」

ヨハンはしばしじっとノアを見つめていた。菫色の瞳は静かな情熱をたたえている。ノアはそれが凡庸な光ではないと感じ始めている。

自身が暗殺者に狙われているさなかに、全員が怪我をしないように指示を出せる。落ち着いて拳銃の発射準備ができる。自分が襲われた状況を客観的に分析する。

……肝が据わっているといえば聞こえはいいが、いい意味でも悪い意味でも只者《ただもの》ではない。

「同居は明日からかー。楽しみだな。護衛班のメンバーとは仲良くなれそうだし」

ヨハンがうーんと大きく伸びをする。

「ノアの美貌を毎朝毎晩拝めるのは、眼福。ありがたや、ありがたや」

ノアはむうっと押し黙った。せっかく見直しかけていたが、やはり気のせいだったようだ。主は軽薄で人を茶化す威厳のない王族。過大評価すべきではない。

「ヨハン様、そうやって嫌われるようなことを騎士たちに言い続けると、いざというときに守ってもらえませんよ」

ニコラウスが眉をひそめて言い、ヨハンは「え？　褒めたのに？」とまるで悪気のなさそうな様子だった。

ヨハンの思いもかけない一面を見た日ではあったが、やはり性質の部分では相容《あいい》れない。国の有事に関わる立場とも思えない。

（やはりほどほどの距離で接しよう）

ノアはあらためて思うのだった。

第二章

第二王子と護衛班は同居中

温暖で四季がはっきりしたメルテにも、秋の深まりが感じられる。早朝の空気はしんと冷たくなり、北方の渡り鳥たちが姿を見せる。あの鳥は母の生まれた国の方から飛んでくるのだと、幼い頃に義母が教えてくれた。

ノアは冷たい井戸水で顔を洗っていた。洗面所もあるが、屋外を走ってきた後はここで顔を洗い、水を飲むのが楽でいい。

ヨハンの離宮に個室と詰所を与えられ、護衛班六人がそろって移住してきたのは五日前だ。

正直に言えば、この集団生活はノアにとってあまり嬉しくはない。ただでさえ、日々女だとバレないように細心の注意を払って生きてきた。理由をつけて肌をさらさぬようにし、人とは距離を取り、深い親交を結ばないようにしてきた。

しかし現在、プライベートスペースがあるとはいえ、護衛班六人はほぼ一日中一緒にいる。さらにそこに主のヨハンとニコラウスも加わるのだ。

少しでも気を抜けば、いつ正体が露見してもおかしくないと思っている。

「あれ？　ノア、おはよう」

顔をあげると、そこにはヨハンがいる。離宮の敷地内とはいえ供もつけずにぶらぶら歩いてくるとは。

「早いねぇ。朝の鍛錬？」

「軽く走ってきただけです」

一日中、片時も離れずヨハンの警護をするため、必然鍛錬の時間がなくなる。先日から始まったヨハンの護衛の新体制では、個人の休暇は週に一日取れるか取れないかという状態である。

「こんな早朝に、ヨハン様、……もしや、昨晩はまた城下に？」

思わず睨《にら》みつけるようにヨハンを見てしまった。なにしろ、彼は王宮脱走の前科者である。

「あはは、さすがにこの状況ではぶらつけないって。いい子に読書したり持ち帰った仕事をしてまーす。他のメンバーに聞いてみるといいよ」

「ジェイデンがついていたはずですが」

「ニコラウスが来るから戻っていいよって帰したんだ。そうしたら、ニコが遅れるらしくて。退屈だから朝の散歩」

夜間は、六人が交代でヨハンの私室の横にある小部屋で寝ずの番をしている。離宮内は安全とはいえ、夜間に何かあったときに対処できる人間が近くにいるのは大事だ。夜勤の後に各人一日の休暇が与えられる。

「今夜はノアが夜勤でついていてくれるんだろ。ノアがいるなら、久しぶりに城下に視察ができるんだけどなあ」

「冗談でおっしゃっていますね。本気でしたら、私にも考えがありますが」

「真顔で怒るなよ、怖いから。でも、城下の盛り場にはいい情報がたくさんあるんだよ。案外バレないしな」

この体制になる前は、王族の割に警備体制が薄かったヨハンである。この王子、抜け出し放題だったのだろうとノアは頭が痛くなった。

「そうそう、ノアは確か持病があるから、着替えや浴室の使用を個別にしてるんだったよな。この離宮で不便はない？」

ぎくりとした。それはノアが女性であるとバレないための方便だ。一応、貴族の端くれであるため、いち兵士でありながらこういった主張が認められているのはありがたい。

「ご心配痛み入ります。おかげ様で不便はございません。浴室は最後に使用していますし、個室を頂戴していますので」

「兵舎や前線では大変だったんじゃないか？」

「前線では身を清める暇がないときもありました。近衛兵舎ではカイが同室でしたので。カイは私の乳兄弟。持病についても理解があります」

答えながら、なんとなく何か疑われているのではという気分になってくる。持病がうつる心配があれば、この役目を解かれるだろうか。

「私の病は皮膚疾患ですが、他者に感染の危険があるわけではございません。ヨハン様にうつすようなことは決して……」

「ああ、そういうのはいいんだよ。でも、大変だなと思ってさ。俺にできることがあれば、言ってくれよ。ほら、俺って一応王子様だし」

純粋な心配だったらしく、ノアは思わずきょとんとヨハンの顔を見つめた。

「これから貿易関税法の関係で、各地に視察なんかも行くだろ？　海外のいい薬があったらちょっとくらい高くても買ってくるから、おまえがよければどんな症状か教えてくれよ。医者の診断とかさ」

「ああ……その、お気遣いは無用です。生まれつきで、見た目が悪いから隠しているだけです」

「見た目なら、気になるだろ。皮膚の状態をよくする手術や技術の情報があれば集めるよ」

思いやりある言葉に戸惑い、且つ罪悪感に似た気持ちが湧いてくる。ヨハンは純粋に病を心配しているが、ノアの病は性別を隠しているがゆえの嘘《うそ》。

「温かいお言葉をありがとうございます。ですが、長く付き合っているものですので、今更どうこうとは考えません」

「そうか。まあ急がないから、気が向いたら相談してくれよ。カイばかりがノアのこと知ってるのはつまらない」

そう言ってヨハンは中庭に面した戸口に向かって去っていった。後を追おうかと思ったが、外をふらつくわけでなければあまり付きまとわない方がいいだろうと判断した。

「どういう意味だろう」

カイばかりが、というヨハンの言葉の意味を測りかね、ノアは首をひねるのだった。


護衛班の生活スケジュールはすべてヨハンと連動している。同じ離宮で寝起きし、行政府や議事堂、その他の催しに同行。先日の狙撃から、近衛兵の数はさらに増強されたため、城下の中心地でヨハンが襲われる可能性はぐっと下がったはずだ。一般市民は、騎士に囲まれた馬車からヨハンを垣間《かいま》見るのが精一杯だろう。

ヨハン個人はもっと民衆と近い存在でいたいそうで、この厳戒態勢が少しでも緩和されるのは彼の希望だ。その願いを叶えるためには、ヨハンを狙う人物を特定し捕らえなければならない。

「ノア、おはよう」

六人に与えられたサロンに入ると、ドミニクが声をかけてきた。

「おはよう、ドミニク」

離宮の詰所は上品な調度に囲まれた応接室で、六人で使うには広く立派な部屋だった。王宮の詰所は事務室のひとつだったので、兵舎と大差ない造りだった。この離宮のサロンは騎士六人には少々居心地が悪い。

「朝食を取ってくる」

「今、ベンジャミンとカイとオスカーが行ってくれた。全員そろったら、朝食をとりながら今日のスケジュール確認だ」

ちょうど部屋に入ってきたのはジェイデンだ。昨晩の夜勤はジェイデンだったので、朝食をとったらそのまま休日の予定だ。

「ノア、さっきヨハン様と一緒にいた？」

「ああ、勝手口近くの井戸で会った」

「はあ、あの方には困る。遅くまで話し相手にされたかと思ったら、こちらの都合は無視で戻っていいなんて言うし。かと思えば、目を離した隙にふらふらいなくなる。僕は面倒見切れない」

薄いブルーの瞳に不満をうつし、ジェイデンが文句を言う。

「離宮の敷地内はヨハン様のご自宅だ。俺たちにべったりされていては息が詰まることも多いだろう。散歩くらいは大目に見てさしあげるんだ」

ドミニクが答えるが、ジェイデンはいっそう不機嫌なため息をついた。

「こうなる前は、城下で飲み歩いたり、女を買ったりと下賤な遊びが好きだったという噂じゃないか。我らの王子様は。今はまったく遊べなくて、ストレスが溜《た》まっているのかもね」

「憶測や噂で、ヨハン様を汚すようなことは口にすべきではない」

注意というより、単純に不快でノアは口にする。しかし、ジェイデンはおとなしくなるどころか、いっそう声高に噛《か》みついてくる。

「ノアはあのチャラチャラした第二王子の派閥に入りたいのか？　騎士として栄達したいなら、僕は王太子につくべきだと思うね。ヨハン様についたって、あんな頼りない男じゃ、出世の目はないよ」

「ジェイデン、言葉を控えた方がいい」

ドミニクは軽くだが注意の言葉を口にする。しかし、ジェイデンはノアに向かってなおも言う。

「この前の手柄で、王子に目をかけてもらって勘違いしてるんじゃないか？　そうだ。もっと王子に目をかけてもらいたいなら、女の代わりにしてもらえばいい。顔は目をみはるほど綺麗だし、背格好もこの中じゃ一番女に近い。今夜の寝ずの番のときにでも可愛《かわい》がってもらうのはどうだい？」

ノアは格別怒りを感じなかった。容姿を揶揄《やゆ》されるのはいつものことであるし、先日の銃撃で評価されたノアに対してジェイデンが悪感情を持つのは仕方ないと思ったからだ。

一方で、ヨハンに対する態度や考えは変えてもらわなければならない。ヨハンは確かに少々のんきで自覚の薄そうな王子ではあるが、賢く敏《さと》い。従士に軽んじられているとわかれば、ヨハンは護衛班を信用しなくなるだろう。互いの信頼がなければ、この任務はうまくいかない。

「故郷にも居場所がないんだろう。王子の男妾《だんしょう》っていうのはいい立場じゃないか？」

さて、なんと答えたものかと言葉を選ぶノアの真横で、ばたんと音をたてドアが開いた。見れば、そこには人数分の朝食のトレーを持ったカイらがいた。

「ジェイデン、今のセリフはなんだ。もう一回言ってみろ！」

カイが乱暴にトレーを置き、ジェイデンにつかみかかっていく。

「ノアを馬鹿にしたな。おまえこそ、なんだ。没落貴族のフレンツェン家！　メルテの貴族なのに、連邦議会には議員ひとり出せないんだろ！　おまえらは体格だけ買われて、兵士になったそうじゃないか！　本来なら、ノアには声すらかけられない立場だぞ！」

どこで調べたやらカイは勢いよくジェイデンをののしる。先日の言い合いから、どうにも軋轢は生じていたようだ。ジェイデンは馬鹿にした様子でカイを見下ろした。

「貴族ですらないヤツが吠《ほ》えているね。ノアのお守りで騎士に上げてもらった下男が」

「下男で結構だ。というか、ジェイデン、おまえらの母御だって下女だろうが！」

つかみ合うふたりを見ながら、ノアは「ああそうなのか」くらいに思っていた。メルテの貴族でありながら、ジェイデンとベンジャミンの容姿はメルテの純血ではないように見えた。自分と同じく移民の血を感じていた。それならば、ふたりにも似た苦労はあっただろう。

「やめとけ、ジェイ。おまえが感じ悪いぞー」

「カイさんも落ち着いてください。っていうか、俺なんか商家の三男坊なんで！　本来はここにいられない身なんで！」

ベンジャミンとオスカーがそれぞれを引き離そうとするが、カイもジェイデンも互いをつかみ合ったまま、拮抗《きっこう》状態だ。

「やめろ、朝食の時間だ！」

ドミニクの鋭い言葉で、ようやくふたりは手に込めた力を緩めた。そのままベンジャミンとオスカーがふたりを引きはがす。

「出自については各々事情があるだろう。俺だって、下級貴族の出だ。しかし俺もおまえたちも、選ばれてここにいる。ヨハン様の飾りではない。強く硬い盾だ」

若手の有望騎士であるドミニクがもてはやされたのは、下級貴族の子が腕一本でのし上がっているからだ。民衆はその姿に夢を見る。

「盾がどうできているかなど関係ない。頑丈でさえあればいい。ヨハン様というこの国の未来を担う方を守れればいい。わかったな」

カイが「はい」と小さく答えた。ノアのために激高し、他者を貶《おとし》めるようなことを口にしたのを恥じているのだ。

まだむっつりと黙っているジェイデンに対して、ドミニクが言った。

「ジェイデンは、二度とヨハン様に対して軽々な評価をするな。あの方は、おまえの心根を察するぞ。見た目以上に思慮深い方だ」

「はい、申し訳ありませんでした」

ジェイデンは嫌々といった様子で謝罪し、朝食には手をつけずに自室に引き上げていった。今日は休暇なので、スケジュールの確認は不要だろう。

「うちのジェイがごめんな、ノア。あいつ、あの通り皮肉屋の根性曲がりだけど、この見た目で実家でも色々言われてるからさー」

ベンジャミンがいち早く朝食の卓につき、こちらに謝罪してくる。

「あいつ、俺なんかより頭もいいから本当はメルテの大学校に行きたかったんだ。だけど、不相応だって言われて、俺と一緒に士官学校だよ。だからって、ノアに当たるのは違うよな」

「いや、気にしていない。私も家族とは見た目が違うから、色々言われてきた。実際、故郷に居場所がないのも事実だしな」

とはいえ、方便の部分も大きい。ノアの両親も弟も、ノアを深く愛してくれている。しかし、ジェイデンやベンジャミンはフレンツェン家でいい思いはしてこなかったようだ。少なくともジェイデンには拭い去れない屈辱が感じられた。

「近衛兵も騎士も今は実力主義だ。貴族ばかりが独占している議会も、そのうち市民議員が誕生するだろうな。能力が正当に評価される時代が来る。……ヨハン様の言葉の受け売りだが」

ドミニクが言い、ノアはヨハンがそういったことも考えているのかと思った。

ヨハンについてはまだまだ知らないことばかりだ。


その日の日程はつつがなく済み、夜に会食やパーティーもないため、ヨハンはまっすぐ王宮に戻ってきた。

「兄さんに食事に誘われてるんだよね。楽しみ、楽しみ」

ヨハンが兄さんと気安く呼ぶのは当然王太子であるフリードリヒ第一王子である。兄弟仲はいいようで、たまにこうして一緒に食事をとるのだ。

離宮で着替えた後に、ドミニクが同行して王太子の住まいである奥の棟まで送り届けるとのこと。

ノアは今夜夜勤である。ヨハンの夕食中に身支度を済ませておき、王宮に迎えに行く手はずになっている。

着替え終わったヨハンをエントランスまで送ろうと、ノアはドミニクとヨハンの後方について廊下を進んだ。すると、廊下の向こうで声が聞こえた。

カイとジェイデンの声だとすぐにわかり、ノアはドミニクとともに息を呑んだ。今朝の事件を覚えているからだ。

ヨハンもふたりの声を聞きつけたようだ。くるりとノアたちの方向に向き直り、「しー」と静かにするようにジェスチャーをする。どうやら、ジェイデンとカイのやりとりに自身の名前を聞きつけたようだ。いたずらっ子のような顔で「何を話しているか聞いてやろうよ」とささやく。

ノアとドミニクは生きた心地がしない。

「今朝はドミニクの顔を立てて黙っただけだから。僕はおまえのこと認めてないし」

ジェイデンの言葉にカイが応戦する。

「ヨハン様を軽んじておいて、なんだその態度。そういうところを叱られたって自覚がないのかよ」

「おまえはいいんじゃないか？　ノアの腰ぎんちゃく野郎でいる限りは、ずっと贔屓《ひいき》してもらえる。僕は嫌なんだよ。僕はこの国の王の従士でありたい。ヨハン様じゃ、先がない」

「先？」

「出世の目がないって言ってるんだよ！　ドミニクだって、王太子付きから第二王子付きになったことを無念に思っているに違いないさ！」

さすがにノアも血の気が引いた。この直接的な言葉が、まさかヨハンの耳に入っていると、ふたりは想像していない。口にしているのはジェイデンだが、そもそも王族のことを軽々しく口の端にあげてはカイも同罪と取られかねない。

すると、ヨハンがすいっと廊下の角から進み出た。止める間もなかった。

「よ、おふたりさん。俺の噂話？」

ノアとドミニクが続いて角を飛び出すと、青い顔をしているカイとジェイデンが見えた。ただでさえ色が白いジェイデンは、今にも倒れそうなくらい青白くなっていた。

「まあ、確かに？　兄さんの従士の方が将来性高そうだよな。同じ騎士でもさ。実際、今の近衛隊長の聖騎士・ゲオルグは、若い頃兄さんの従士だったし」

「あのヨハン様……」

「ヨハン王子、これは……」

「でも、俺の従士でもまあまあ出世が見込めると思うよ。今回の護衛班を経れば、親父《おやじ》や兄さんの従士に入れる可能性もある。もっと大ジャンプしたかったら、また前線や大きな砦《とりで》で戦果を挙げてくればいい。俺も推挙するしね」

驚いたことにヨハンはまったくといっていいほど、彼らの言葉を気にしていない様子なのだ。むしろ、ジェイデンの立身欲求に寄り添った回答をしているくらいである。

ノアは今朝、自分の持病を心配してくれたヨハンを思い出した。この人はお人好《ひとよ》しというか、自分自身の評価に無頓着すぎやしないか。

「うーん、でもカイとジェイデンが不仲なのはよくない。チームワークは護衛班に必須でしょ。なので、俺はふたりに宿題を出します」

「え?」

「宿題?」

狼狽《ろうばい》するふたりに、ヨハンは笑顔で言った。

「俺、スパイスクッキーが大好きなんだよな。酒に合う美味《おい》しいスパイスクッキーをふたりで協力して、手作りして持って来て」

その場にいたヨハン以外は完全にあっけにとられている。ヨハンは構うことなくもと来た道を歩き出し、首をねじってカイとジェイデンに付け足した。

「俺が気に入る出来のものを作れたら許してやろう」

瞳はいたずらっ子のままだった。本当にヨハンは怒っていないのだ。むしろ、慌てるふたりを面白がっているのだから、予想外に器が大きい。

「ヨハン様、部下が誠に失礼をしました」

カイとジェイデンから離れ、ドミニクがすぐに謝罪の言葉を口にしたが、ヨハンはけろっとしている。

「ドミニクが謝らなくていいよ。まあ、おおむね事実だし。みんな望むと望まざるとにかかわらず、生まれ持った立場がある。愚痴を言いたい気持ちもわかるよ」

軽い口調で言うヨハンは、もしかすると第二王子という立場を思い悩んだこともあるのかもしれない。

女として生まれ、男として育てられ、立場が変わって進む道も変わった自分のように。

ノアは王宮に向かうその背を静かに見送った。


王宮内での王太子との食事を終え、ヨハンが戻ってきたのは夜も更けた頃だった。

ノアはヨハンの私室の横の小部屋で寝ずの番である。ドアでつながっている控室に待機するので、何かあればすぐにドアを開けて駆けつけられる。

しかし、今しがた部屋に送り届けたはずのヨハンがすぐにドアから顔を出した。

「ノア、一緒に飲もう」

手にはワイン瓶とグラス。上機嫌なのは、先ほど王宮でフリードリヒ王太子と酒を酌み交わしたからのようだ。

「職務中です」

「一昨日、ベンジャミンは一緒に飲んでくれたけど。あ、これ、ドミニクには内緒で」

ため息をつきそうになったが、ベンジャミンならあり得るなと思った。双子でも、ジェイデンとはかなりキャラクターが違う。陽気で軽い性質がヨハンと合うのかもしれない。

「じゃあ、いいや。俺、飲みながらちょっと仕事するんで、こっちで付き合ってよ」

「まだお仕事をされるんですか？」

もうかなり遅い時刻である。明日も日中は行政府と議事堂を行ったり来たりの生活であるというのに。

ヨハンに招かれて執務室を通り過ぎ、ヨハンの寝室へ。入るのは初めてだ。ここにも大きな書架と机がある。執務室だけでなく、寝室でも仕事ができるのだろう。

「前も言っただろう。今は貿易関税法の改正案があるからさ。どうしてもそっちを優先しなきゃならない。いつもの仕事が後回しになるんだよね」

「貿易関税法はいかがですか？」

「何度も説明の機会は設けてるし、文句を言うところには直接行って話してる。応援してくれる議員も多い。俺が作った原案を今チェックしてもらってるから、順調にいけば再来週には行政府の閣議入り」

ノアは勧められるままにヨハンの執務机の近くの椅子に腰かけた。立っているとヨハンも落ち着かないだろうと思ったのだ。

ヨハンは自分でとくとくとグラスにワインを注ぎ、ぐっと飲み干してからペンを手に取った。

「議員の一部は鉱物資源を独占している商会から賄賂をもらってるからさ。そう簡単に全会一致で可決とはならないだろうなあ」

「賄賂の事実をご存じなら、そこを糾弾することはできないのですか？」

「なんというかねえ。いいことじゃないけど、うまく回っている部分もあるわけですよ、ノアくん。なにしろ、メルテン連邦政府の議会はほとんどメルテの貴族が独占している。各領の貴族はなかなか入り込めないし、平民にはそもそも資格がない。自分たちの意見をなんとしても議会にあげたいとしたら、そういうことも起こりうるわけだ」

「システム自体を変えなければならないということですか」

「そうそう。やっぱりノアは打てば響くなあ。そういうことなんだよ」

ヨハンは顔をあげ、どこか遠くを見るように言う。

「たとえば、俺の秘書のニコがいるだろ。あいつは王宮に雇われているけど、貴族ではない。親父が行政府の会計官僚をしていたんだ。あいつは賢くて、十代のうちに外国に遊学もしてる。メルテの大学校も出た。だけど貴族ではないから、政治には直接参加できない」

ニコラウスの顔が浮かぶ。ニコラウスの経歴は初めて聞いた。

「俺が在職しているうちに、行政と立法のシステムを変えていきたいんだよね。議員をメルテの貴族が独占する状況を変え、有能な人間や大志を持つ人間がもっと中枢にたてるようにしたい。民衆が政治に参加でき、民意を反映できるようにしたい」

ヨハンの言う理想は、そう簡単でないのはすぐにわかった。しかし、夢を語るヨハンは少年のようにキラキラしている。のんきな第二王子の顔ではない。

「不躾な質問ですがよろしいでしょうか」

「うん、どうぞどうぞ」

「ヨハン様は王位継承権第二位でいらっしゃいます。ご自身が王位に就くという可能性はお考えにならないのですか」

行政府での事業を語るヨハンは、先見の明《めい》がある。それなのに、可能性の話でも自身がメルテの王になったらということはまったく考えないのだろうか。メルテ王、それはすなわちメルテン連邦の頂点と言い換えてもいい。

ヨハンは「あー」と言葉を選ぶように唸った。夕刻のジェイデンとカイの諍《いさか》いを思い出したのだろう。

「護衛班のみんなには働きに応じて出世の道を用意してやりたいよ。でも、俺は王太子にはならない」

「ヨハン様を王太子にしたいと私は思っておりません。反意はございません。でも、あなたならもし自分が王太子であればと考えるのではないかと思いました」

ヨハンはふふと微笑んだ。

「確かに兄に何かあれば、俺が王太子ですよ。でも、兄さんは健康的になんの問題もないし、きっと近年のうちにどこぞのご令嬢を嫁にもらうよ。そんで可愛い甥《おい》っ子ができれば、王位継承権はそっちにいく」

それでいいのだろうか。ヨハンのおおらかさ、聡明《そうめい》さと冷静さはひとかどの人物足りうるものだ。

口に出さないノアの質問を読み取ったのか、ヨハンが言った。

「俺が王位に就くなら、それはあくまで兄の代わりでしかない。フリードリヒ兄さんほど、優れた王にはなれないだろう」

「そのようなことは……」

「兄は王の器だ。柔軟な思考、思慮深く、大胆で、寛大だ。その場にいるだけで魅力があるんだ。俺とは比べ物にならない」

「ヨハン様も、魅力的な人物だと私は思います」

口にしてから、ノアは自分の言葉に驚いた。日頃、他者とは最低限のコミュニケーションしか取らないノアである。そんな自分が、ヨハンに自身を卑下してほしくなくて彼を持ち上げるとは。

「ノアがそう言ってくれるのは嬉しいなあ」

ヨハンは無邪気に笑って、続けた。

「でも、兄はやっぱり別格。フリードリヒ兄さんと比べたら、俺なんかちょっと頭が回る程度の小賢《こざか》しいヤツだよ。でもさ、それならそれで、よく回る頭と口で親父と兄さんの治世を支えてやりたいだろ？　俺が天から賜った役目ってそれだと思うんだよね」

「天から、ですか？」

「そう、第二王子として生まれたいなんて思ってないし、自分で決められるものじゃない。それなら、俺はこの立場に生まれた役目があると思う。俺にしかできないことを成し、家族とこの国で暮らす民を守りたい。そう考えるのは変か？」

胸がじんと熱くなる感覚があった。ノアにはヨハンの言葉がわかる。

自分もまたそうだった。選んで生まれてきたわけではない。選んで男性となったわけではない。

しかし、今男性として生きている人生は、自身の選択だ。

ノアは自分の能力を信じていたし、エストス領主でなくとも身を立てる術があると証明したかった。幼い弟が故郷の領主となるとき、遠き地でも守れるなら、領主の子として生まれてきた意味がある。

愛する家族のため、故郷のため、男性として生きる女性。数奇ではあるが、ノアの役目だ。

ノアの決意をヨハンが言語化してくれた。そんな気がした。

それは今までにはない感覚だった。まるで心に直接触れられたかのような衝撃だった。

「どうした？　ノア」

「いえ……ヨハン様のお考え、感じ入りました」

のんきに見せているけれど、この人は多くのことを考えている。家族と故郷を愛している。自分と同じ想《おも》いを知っている。

へらへらしたところや、すぐに茶化してくるところはいただけないが、主は立派な人物だ。ノアはわずかに口の端を持ち上げた。

「ヨハン様のお役目が果たせますよう、全力でお守りします」

「え……？　ああっ！　ノアが笑った！」

ヨハンが頓狂な声をあげ、椅子から立ち上がり、つかつかと歩み寄ってきた。いきなり頬をぐにゃっと指でつままれ、心臓が止まりそうになる。接触されたのは初めてだ。

「もう一回、笑ってくれ。美人だとは思っていたが、笑うと女神のように神々しいな！　なあ、もう一回！　ノア！」

神々しいというなら、間近にあるヨハンの顔の方がそうだ。いっそノアには刺激が強い。ヨハンが酔っているせいか、端整な顔は鼻と鼻がくっつきそうな距離にある。間近で見る菫色の瞳は、ランプの灯りでとろりとしたはちみつ色がさしている。

「よは……おやめくら……」

ぐにぐにと頬を触られるので、言葉が上手に出てこない。とにかくヨハンの顔が近い。

「初めて笑顔を見た。な？　もう一回、笑って見せてくれ！　記憶しておくから！」

ノアは思い切って立ち上がり、ヨハンの腕を遠慮なくねじり上げた。相手は主ではあるが、酔っ払いでもある。

「あだ、あだだだ。力つよ！」

ヨハンは腕を押さえて悲鳴をあげる。ノアは主を解放し、自身の精神を整えるためにふっと短く息をついた。

「あなたをお守りする騎士ですので」

「容赦ないな～」

痛い目を見たというのに、もうヨハンは腕をさすりながら笑っていた。ノアは冷たい視線をヨハンに投げつつ、内側で鳴り響く鼓動を感じていた。

翌朝、ニコラウスとバトンタッチする形で、ノアは夜勤を離れた。今日は休日となる。応接間で皆と朝食をとったら、自室で過ごそうか。少し眠ってから、軍本部兵士に交じって鍛錬をしようか。

そんなことを考えながら、まだ昨晩のことが頭から離れない。ヨハンに頰をつままれ、顔を近づけられた。たったそれだけのことで、心臓がおかしいのだ。

（ああいう接触は慣れない）

男社会で生きているし、訓練で格闘なども経験している。ノアは大男を投げ飛ばせ、絞め落とせる膂力《りょりょく》がある。それだけ男性と近く接してきた。

さらに乳兄弟のカイとはかなり近しい距離で育ってきた。カイの裸など見慣れているし、仮にカイと接触しても緊張などしない。おそらくは陽気なベンジャミンあたりが肩を組んだり、ハグをしてきたとしても気にならないだろう。

しかし、考えてみれば男性に間近で見つめられる機会など、ノアの人生ではなかった。戦場で対峙《たいじ》した敵を睨むのとは違う。世にも稀な美貌の男性に呼吸が交わりそうな距離で見つめられた。それが頭を混乱させているのだ。

（ヨハン様は気安すぎるな）

親しみがあれば、男女問わずああいう接触をするのだろうか。考えてみれば、最初に会ったときは初対面らしい商人たちの喧嘩の仲裁をしていた。コミュニケーションスキルが高く、天性の人たらしなのだ。

そんなヨハンの気安い接触を真に受けてどうする。おそらく、護衛班の他のメンバーもこういった状況は経験しているだろう。

(あまり考えないようにしよう。こんなことを気にしていては、従士は務まらない)

妙な音を立てる胸を押さえながら、朝食前に頭をすっきりさせて来ようと立ち上がった。外の井戸で顔を洗おうかとも考えたが、もう誰も洗面所を使っていなかった。護衛班が使用している洗面所は一階の隅にある。使用人がごくたまに使うことがあるので施錠はできないが、普段は護衛班の六名しか使わない。

妙な汗もかいてしまったし、手早く身体を拭いて行こう。この時間は湯がないが水で充分だ。

念のため柱の陰で上着とシャツを脱ぎ、胸に巻いたさらしに手をかけたときだ。背後の洗面所の戸が開いた。

「わ、あ、ごめん！　ノアがいたか！」

振り向けないが、その声がヨハンであるのはすぐにわかった。ドアが閉まる音を聞きながら、ノアは背を向けたまま、いっきにシャツを羽織り直した。柱の陰にいたとはいえ、ヨハンにはさらしの背が垣間見えたはずだ。心臓がどくどくと鳴っている。下は軍服のスラックスを脱いでいなかった。胸元は見られていないはずだが、どうだろうか。

「失礼しました。ヨハン様、お使いください」

身なりを整え、ノアは平静を装いドアを開け直した。すると、そこには粉まみれのヨハンがいる。

「悪い。使ってたんだな。いやあ、ジェイデンとカイのクッキー作りを見学に行って粉かぶっちゃってさ。台所から近いんで、この洗面所に来たんだけど」

何も見てないから！と念押しするのは、ノアの〝持病〟についての気遣いだろうか。まさか女性であると露見はしていないはずだが。

背を妙な汗がつたう。いや、狼狽を見せてはいけない。

「そうでしたか。湯を用意させましょうか」

「いや、粉を払うだけにしとく。部屋で着替えるよ。あ〜、ニコに怒られるな〜」

ヨハンはタイルを張ったシャワー設備部分で粉を払い、洗面所を出ていった。ジェイデンとカイのクッキーが出発前には焼きあがると告げて。

ヨハンの去った洗面所で、ノアは立ち尽くしていた。心臓が止まるかと思った。昨晩から変な音を立てている心臓が、さらにおかしくなりそうだった。

余計に汗をかいてしまったノアは、今度こそと上着とシャツを脱ぎ、さらしをほどき始めた。

「失礼しまー……おあっ!!」

戸が開き、叫び声をあげたのはオスカーだった。ノアは唇をかみしめた。なにしろ、胸元のささやかではあるが谷間の部分がすっかり見えていたからだ。

「の、ののノアさん……あの、オレ……えええええ!?」

「すまない、オスカー。……とりあえず、この件は黙っておいてもらえるか」

もう二度と、普段と違う時間に洗面所は使わないようにしようと誓うノアであった。

なお、ジェイデンとカイのクッキー第一作は朝食に並んだが、ヨハンには及第点をもらえなかったそうだ。

ふたりが何度もクッキーを焼き、納得してもらえたのは、それから数日後だった。

第四章

敵情視察と喧噪の夜

ヨハンが原案を策定した貿易関税法の改正案は、審査を経て国務大臣に提出された。以前は宰相と呼ばれた国務大臣は現在ヨハンの大叔父・ヘルベルトが務めている。先代メルテ王の弟である。

国務大臣を中心とした行政府の大臣たちにより閣議が行われ、閣議決定すると立法府である議会に提出される。議会ではヨハンが改正について説明をし、質疑応答。討論が尽くされたのちに表決となる。

メルテン連邦政府は国務大臣を長とする行政府、表決機関である議会、そして司法府である裁判所が権利を持っている。しかし、多くの部門をメルテの貴族が占めているため、連邦制国家といえど、メルテの独裁ではという声は常々地方からあがるのである。また、議員は選挙で選出されるものだが、平民に参政権はない。

どうしても地方や平民、メルテ貴族との間に軋轢が起こりやすい構造はあるのだ。

ヨハンはそういった中で、平民に人気のある王族であった。もとより敬慕の念はあるのだろうが、ヨハン本人が親しみやすい存在で、たびたび市民の前に姿を現しては気さくに接する。さらに、ヨハン主導で変わった法律は、貴族より平民を向いたものが多かった。

不平等を感じる平民が、ヨハンを愛し、ヨハンこそ未来の国務大臣に相応《ふさわ》しいと考えるのも無理はない。

そんなヨハンが改正を望む貿易関税法。商売をする平民には痛手を受ける者もいるが、なるべく政府が仲買をすることで彼らの実入りを減らさないようにと工夫も施される。関係先や関連する議員への説明にもヨハンは時間をかけてきた。

可決されれば、議会内でのヨハンの評価は上がり、いずれは市民生活も向上し、第二王子の人気は高まるだろう。さらに、ヨハンの真の狙いであるロラント領国への介入も果たせる。領内は領主の自治が認められているとはいえ、法律には強制力があるからだ。

本日、改正案は国務大臣に提出された。護衛班は詰所であるサロンに集っていた。まだ解散とならないのは、ヨハンに待つように言われているからだ。ドミニクはヨハンについているため、サロンでは五人が待っている。

最年少のオスカーが気を利かせて全員分の紅茶を淹《い》れた。

「ノアさん、どうぞ」

「ありがとう」

ノアの前にお茶を置くオスカーはどこか緊張しているように見える。オスカーに女であることがバレたのは先々週のことだ。その日のうちにカイと三人で集い、事情を説明した。

エストス侯の跡継ぎとして生まれたため性別を偽っていたこと、弟の誕生で事情が変わり、自ら従軍したこと。

オスカーはたいそう驚いてはいたが、すぐに理解も示してくれた。

『ノアさんと事情は違いますが、オレも兵士としてしか生きる道がなかった人間です。家畜飼料や穀物油なんかで財を成した商家の三男で、家業はふたりの兄が継ぐのが決まってて。これ以上男はいらないって親が金を積んで士官学校にオレを入れたんです』

オスカーは困ったように頭を掻《か》きながら言った。

『貴族じゃないって意地悪もされましたけど、幸いガタイがいいんで、士官学校の成績はよかったです。騎士の称号をいただけたのも、護衛班に選ばれたのも、実家を喜ばせ面目躍如になりました』

ベンジャミンらもそうだが、オスカーも実家ではそれなりに肩身の狭い思いをしてきたようだ。それなのに素直でいい気質を備えている。

『護衛班はヨハン様を守るという重要なお役目を拝命した同志だと思っています。みんな、尊敬できる先輩ばかりですし。オレ、絶対誰にも言いません』

同僚の中でも、年下の明るい青年が理解者のひとりになってくれたのはかえってよかったかもしれない。カイも『オスカーなら信頼できる』と言っていた。

「お疲れ、みんな待っててくれてありがとう」

間もなくヨハンがドミニクとニコラウスとともにサロンに姿を現した。

「知ってると思うけど改正案が閣議に入った。法改正までの第一歩。みんなのおかげでもあるよ』

ヨハンはメンバーを見渡し、にこっと笑う。

「閣議決定まで三日ほどかかる。俺は休暇になりまーす。政務長官だけど、俺が原案作った法案なもんで。護衛班のみんなも久しぶりの連休になるよ」

声には出さなかったが、皆、一瞬表情を明るくした。しばらく緊張状態だったメンバーには貴重な骨休めだ。

「ただ、一点。ニコ、説明よろしく」

ヨハンに促され、ニコラウスが進み出た。

「ヨハン様を狙った者に関しまして、情報共有です。銃撃犯はまだ口を割りませんが、最初の暴漢が一昨日自殺をはかりました」

ぴりっと空気が変わるのを感じた。それは護衛班の設置が急がれたきっかけの事件だ。

「何者かが牢《ろう》内にロープを入れたようです。それを使って首を吊りました」

「自殺を教唆した者は今、全力で捜索している。軍の威信に関わる……はずだからな」

ドミニクの言葉には含みがある。牢の警備はメルテン連邦軍の仕事である。兵士に本件の内通者がいることを疑っているのだ。

「話は続きます。遺骸を始末するため、業者を呼んだときです。業者が男の顔を知っていると言い出しました」

囚人や身寄りのない浮浪者の遺体を処理するために、軍は民間の葬儀社と提携している。簡素ではあるが荼毘《だび》に付し、共同墓地に埋葬するそうだ。メルテン連邦内ではポピュラーな宗教様式で葬るという。

「今から四ヶ月ほど前に、この男から『仕事仲間が病死したので葬ってほしい』と依頼されたそうです。最初、葬儀社は男が身分証明もしないので嫌がったのですが、故郷がロラント領でどうしても連れて帰れないと頼まれ引き受けたとのこと。男は病死した仲間の名前を明かし、弔いの金はしっかり払った、と」

ヨハンはすでに聞いているようで、静かに頷いている。ドミニクもだ。

「病死した男は二十五年前にメルテ大学校に在学していた記録が残っていました。出身はロラント領国。学位を得た後は、ロラントに戻ったようです」

弔いで明かした名前はおそらく偽名ではない。偽りの名では弔う意味がないし、仲間を弔いたい人間がそんなことをするはずもない。

「……つながりましたね」

ジェイデンがつぶやいた。ヨハンを襲った暴漢の仲間がロラント出身であることが確定した。自殺した暴漢もロラント出身者である可能性が高い。

「と、いうことで、この三日の休暇中に俺はロラントに行ってくる」

ヨハンがさらりと宣言し、その場の全員が目を剥《む》いた。ニコラウスもドミニクも、これは聞いていなかったようだ。

「何が、『と、いうことで』なんですか！」

「ふざけたことをおっしゃいますな、ヨハン様。あなたは今、狙われているんですよ。なぜ、敵の巣窟に行こうとしているんですか」

ドミニクが声をあげ、ニコラウスが顔を近づけ本気で怒っている。ヨハンはけろっとした顔だ。

「もともと、議会での説明や質疑応答の前にロラント領内の視察には行っておきたかった。麻薬の話はまだできないし、したところで議員たちにはその危険性も理解できないだろう。でも、麻薬が流れ込んでいるってことは、ロラントにはバルテールから輸入したものが多くあるはずだ。前線地域で、勝手に敵国と交易をしている証拠をこの目で確認してきたい」

ヨハンはひとりでこの計画を練っていたようだ。貿易関税法改正の後押しになるよう、敵国との勝手な交易の現場を確認し、一例として議会でとりあげる。麻薬の話をせずとも、議員たちの目はロラント領国に向く。

「証拠を集めたいなら、私が参ります」

「ニコじゃ駄目だよ。そんなに長距離、馬に乗れないでしょ。それに俺は一応王子様なんで鍛えてますけど、ニコなんかあっという間に妙なやつらに捕まっちゃうよ」

ニコラウスは反論したいようだが、おおむね事実でもあるようで、言葉にならない。精一杯の言葉が「馬で行く気なんですか……！」というものだった。

ノアは考える。確かにロラントまでなら馬車より馬を使った方が目立たず素早く行けるだろう。ヨハンの乗馬技術がどれほどかはわからないが、自分とカイならまず間違いなく随伴できる。

ノアはすでにわかっていた。おそらくヨハンは言い出したら聞かない。

「ヨハン様、俺もこの件は賛成しかねます」

ドミニクが頭を下げて注進する。

「ヨハン様と騎士が六名。ともに動けば目立ちます。離宮が空になったことも、すぐに露見するでしょう」

「だから、連れていくのは若い方から三人にする。オスカー、ノア、カイだな。ドミニクと双子がいないのは目立ちすぎるから、三人はここに残ってごまかし係をよろしく。ニコもおまけにつけるよ」

ヨハンは一向に譲る気はないようだ。ノアはさらっとお供役に入れられているなと考えながら、その方が現状を把握しやすいのでいいと思った。行くなら自分だろうという考えもあった。

「とりあえず、これから兄さんのところに行ってくるよ。遠出だし、許可もらってくる。ノア、おまえついておいで」

「はい」

ヨハンは押しきる形でサロンを出た。ノアは後ろに付き従う。閉まるドアの向こうから、ニコラウスの大きなため息が聞こえた。

「休暇って言っておいて、仕事にしちゃってごめんなぁ。その分、楽しい旅行にするから」

ヨハンはニコラウスやドミニクの渋面を気にする素振りもなく、遊びにでも行くかのような口調である。

「私も本音では反対ですが」

「ですが？」

「ヨハン様を説得できそうもないのでお供いたします」

「理解あるね〜」

狙われている自覚は充分あるし、安楽な旅行でもないのにこの様子。ノアはいい加減感じている。この男は人とは違うのだ。いい意味でも悪い意味でも、凡人と同じ思考で相手にはできない。

「あ、フリードリヒ兄さんに会うのは初めて？」

「騎士叙任の際、遠目でご尊顔を拝しました」

「俺に似て、超絶美男だから惚《ほ》れないでね。浮気したら、アタシ死んじゃうからぁ」

ヨハンがふざけ始めたので、ノアはいつも通りツンと無視をすることにしたのだった。


謁見などの手順は踏んでいないため、ヨハンは直接王太子の執務室に向かうようだった。ついてこいと言われた手前、ノアもついては行くが、王太子の住まう棟に入ったのは前回ヨハンを迎えに行ったときと今回で二度目。さらに執務室の中まで通されたときは果たしていいのだろうかと少々不安になった。ふたつドアと廊下を通った先に目当ての人はいた。

先ぶれがあったため、待っていてくれたようだ。

「やあ、ヨハン。急に訪ねてくるなんて、何かあったのかい？」

低くて優しげな声。第一王子フリードリヒ・アルバン・メルテは亜麻色の肩までの長髪を緩く結び、菫色の瞳でこちらを見ている。ヨハンと素材のレベルではほぼ同じだが、パーツの配置や表情で絶妙に雰囲気が違って見えた。兄弟そろってたいそう男前ではあるが、フリードリヒは穏やかで懐深い人物に見えた。ヨハンより七つ上の独身王太子は、醸す気配が実年齢よりずっと老成している。これがヨハンの言う器の違いだろうか。

「フリードリヒ兄さん、急にすみません。例の件で動きがありました」

「ああ、おまえが手掛けている件だね」

人払いもしてあるが、ふたりともはっきりと言葉にしない。

「それでちょっとロラント領国まで行ってこようと思います。明朝出発で考えていますので、兄さんには許可をと思いまして」

フリードリヒが、ヨハンよりやや太い眉を弓なりに持ち上げた。

「ヨハン、おまえそれはもう私が止めても駄目なヤツだろう。明日の朝って、行く気満々じゃないか」

「あ、わかりました？　パトリックの名前を借りて行くつもりです。あいつは城にこもり切りですし、いくつか貸しがあるので」

「我が弟ながら、困ったヤツだなあ」

苦笑いする顔は、ヨハンに似ている。フリードリヒが目を細めたまま言った。

「わかった。どうせ行くなら、成すべきことを成しておいで。二、三日で帰るんだろう？　おまえが帰らなかったときは、私自らロラント領国に行くからね」

「兄馬鹿なことしないでくださいよ、王太子。優秀な護衛を三人連れていきますから」

ヨハンがノアを見て言う。

ノアは背筋を伸ばし敬礼をする。

「少し前の騎士叙任式で見た。おまえはエストス侯の長子だね。ノア・クランツ・エストス」

「はっ」

名前まで覚えていたのかと、少々驚いた。王太子は柔らかな声で語りかける。

「ヨハンを頼むよ、ノア。何か危ないことをしでかしそうになったら、殴ってでも止めてくれ」

「はっ。かしこまりました」

「ええ。殴られるの？　俺」

フリードリヒとノアのやりとりにヨハンが困惑顔で声をあげた。


翌朝、まだ日が昇り切らないうちに四人は馬で王宮を出て城下を脱出した。メルテ城下は王宮や連邦政府の政治的組織が集まる中心地と東西と南の城下街から成る。目立たぬように行商人の通る東側の街道から街場を抜け、北に進路を取った。城壁の関所にたどり着く頃には、朝日が一筋差し込む時分になっていた。パトリックの名前で昨晩のうちに届けを出しているので止められるようなことはなかった。

そこからロラント領国まではひたすらに草地を走る。メルテ領内の点在する集落や、連なる山脈を眺めながらの旅だ。いくつかの領国の近くを通るが、休憩に立ち寄る時間はない。

「久しぶりの遠駆けは楽しいなぁ」

ヨハンは意外にばてもせずに、騎士三人とともに馬を駆って走る。鍛えていると自分では言っていたけれど、確かに高身長で胸板も肩もしっかりしている。王子の素養として剣を振るうだけでなく、自分自身で鍛錬を積んできたのかもしれない。

「そうそう、向こうでは俺はヨハン様じゃないんで。パトリック様だからよろしく」

木陰で馬を休ませながら、ヨハンが言う。名前を借りると昨日言っていた。

「パトリック様というのは……」

「俺の従弟《いとこ》。親父の弟の息子で、現在は城下西の宮殿に住んでるよ。一応、メルテ博物図書館の研究員って肩書を持ってるけど、古文書オタクの引きこもりだから、あいつの名前を外で使ってもなんの問題もない」

「問題……本当にないんですか？」

カイが不審な顔で尋ねる。

「ニコが断りの手紙を届けてくれたから問題なし。あいつに頼まれて、結構高価な外国の専門書を何冊も取り寄せてやってるんだ。パトリックは俺に逆らえません」

なるほど、貸しがあるとはそういうことかとノアは納得した。

午後もだいぶ遅くなってようやくロラント領国に到着した。ロラント領国の中心ロラントはぐるりと壁に囲まれた要塞都市の構造となっていた。メルテやエストスにも城壁はあるが、ロラントは街がまるごと前線基地になっている。実際、北側はすべて砦になっていて、中央にはロラント侯の邸宅や、ロラントの貴族たちが住まう一角があるそうだ。

壁の中に入ってみて、メルテ城下との差に驚いた。壁の南側には一般市民の住居が多少あるが、中心地に近づくにつれ、商店や食事処《どころ》が増えてくる。湯屋や遊興施設のようなところも多く、さらに砦に近づくとそこら一帯が酒場や娼館になっていた。

「兵士のための街って感じですね」

オスカーが馬を引きながらつぶやいた。

「そうだな。ロラントは街全体を砦の付属物にすることで、一般市民の生活が成り立っている。外から娼館や酒場に人や情報も入ってきやすい。バルテールとの国境に隣接した土地だったからこそ、生き残りと安全のためにこういう運営にしたんだろうな」

ヨハンが答え、ノアは暗澹《あんたん》たる思いとなった。この街は未来のエストスでもあるかもしれないのだ。エストスもまた、バルテールとは隣接している。そこに要塞を建てたいとメルテン連邦政府はずっと考えているのだから。しかし、そうなればエストスもこの国のような壁に囲まれた兵士の衣食住のためだけの土地に変わり果てるのだろうか。

ヨハンが、視線でこちらに「あれを見ろ」と伝えてくる。

屋外に布張りの屋根をつけた商店が無造作に果物や野菜を売っている。値札にはバロック産と書かれてある。

「バロックっていうのはバルテールの隠語だ。バルテール産とは書けないだろ」

見ればそこかしこに〝バロック産〟と書かれた食材や加工食品が並んでいる。また、生成りの麻のシャツなど衣類も多いが、バルテール特産の麻を使っているのではなかろうか。

「あそこで山になっている豆も、バルテールでしか取れない種類だ」

「バルテールとの前線基地の街で、バルテールからの輸入品がこれほど出回っているなんて」

カイが苦々しくつぶやいた。

すると、ヨハンの視線が一点を見ている。その先には男がひとり路上に転がっていた。薄汚れてはいたが、吊りズボンがメルテン連邦軍の軍服だとすぐにわかった。

「路地奥の広場で賭け事をしている連中もそうだ」

ヨハンのささやく声に従い、視線を移動させると、男たちがサイコロとカードを手にしている。賭け事の賑やかさはなく、全員が無気力なとろんとした目をし、だらしなく着崩した軍服姿だった。

「あれが……」

噂の麻薬の依存患者に違いない。

「前線では、麻薬を使う兵士がいます。それは恐怖をごまかすためや、自身を鼓舞するために使っているようです。……でも、あそこにいる彼らは様子が違う」

カイの言葉にヨハンが頷いた。

「ああ、彼らは兵士として使いものにならないように薬をあてがわれた。依存状態になるまでが早く、気力を奪うものだそうだ。まいったね。昼からああやって遊んでいる兵士が山ほどいるってわけだ。最前線なのになあ」

ヨハンが苦笑いし、それ以上見つめることはなく歩き出す。

「さて、今日の宿に行こうか」

狙いを付けていた宿はロラントの娼館組合代表が経営する宿らしい。風切《かざき》り亭と呼ばれるその娼館は絢爛《けんらん》豪華な建物で、毒々しいほどの装飾の趣味はともかく、それなりの金銭がないと利用できる場所ではないのがよくわかった。

広い受付ホールでヨハンは一番いい部屋を頼み、手付にと金貨をどっさりと出した。すると、すぐに奥から女将《おかみ》と思《おぼ》しき中年の女性が出てきた。髪を巻貝のように巻いてかんざしをつけたけばけばしい女性はマージと名乗った。風切り亭の女将である。

「ようこそおいでくださいました。一番のお部屋をお空けいたします。ところで、もしやメルテの貴族様ではいらっしゃいませんか？」

羽振りの良さに女将が尋ねてくるので、ヨハンはにやりと笑って内緒話の格好で声を潜めた。

「実は王族の端くれでね。パトリック・メルテ。王の甥なんだ。メルテじゃちっとも遊べないもんで、たまにこうして地方に遊興の旅に出るのさ」

マージは目を丸くし、それからニコニコと愛想のいい笑みを浮かべ出した。

「まあまあ、ご苦労も多いお立場でいらっしゃるのですね。今日は張り切っておもてなしいたしますので、ぜひ今後ともご贔屓に」

「ああ、ありがとう。ここはロラントで一番の娼館なんだってね。楽しみにしているよ」

「ところでお連れ様にもお部屋をお取りしますか？　お近くのお部屋を手配できますよ」

部屋を取るということは、従士たちにも部屋と娼婦をあてがうということである。するとヨハンは首をすくめて、面倒くさそうなため息をついた。

「残念ながらこいつらはお目付け役でね。私が楽しんでいる間は各々楽しんでほしいところなんだが、近くで待機すると聞かないんだ。そういうわけで隣に一部屋手配してくれ。こいつらに可愛い女性はいらないから、食事だけ頼むよ」

「左様でございますか。ささやかですが、旦那様とお連れ様に宴の準備をいたしますので、お部屋でごゆるりとお待ちください」

案内された部屋は確かにこの娼館でも一番だろうという立派な調度の広々とした部屋だった。寝室と居間が分かれているため、隣の部屋を用意してはもらったが、ノアたちの待機場所はここがいいだろう。

やがて、マージ自らが呼びにきて、広間で宴が催された。

メルテの王族がお忍びで来ているのだ。マージは組合員である娼館の経営者を呼び、何人もヨハンに紹介する。ロラント領国公営の娼館だが、王族が気に入って利用しているとなれば箔《はく》もつくというものだろう。

ヨハンは多くの人に囲まれ、上機嫌の様子だ。ノアらは近くでそれを見守っていた。ヨハンがあまりに楽しそうなので、演技ではなく満喫しているようにしか見えない。

やがてヨハンは酔ったと言って部屋に下がった。背後からマージの声が聞こえる。

「パトリック様、お部屋でお待ちくださいませね」

これからこの娼館のナンバーワンがヨハンの相手をしにくるというのだろう。

へらへらしていたヨハンはすっといつもの顔色になる。あてがわれた部屋に戻ると、鞄《かばん》から何やら布を取り出した。

「さあ、突然ですがノアにはこれを着てもらいます」

受け取ってみるとそれは女性もののドレスである。ノアが凍り付き、横のカイとオスカーもまた凍り付いた。

「あの、これは……」

「これからナンバーワン娼婦ちゃんがお仕事しにくるわけでしょ。一晩居座られちゃ困るし、暗殺者の可能性もあるからお帰りいただきたいわけ。で、ノアには俺の妾《めかけ》役をやってもらいます。娼婦に嫉妬して、怒って離れないって感じで」

「なぜ私なのですか」

「俺がやりますよ！」

ノアとカイの声が重なった。ノアは冷静に尋ね返したつもりだが、内心は焦っている。そして、横にいる幼馴染が自分の倍は焦っているのも感じていた。庇《かば》おうとかなり前のめりになっている。

すると、オスカーがびしっと手をあげた。

「いえ、ここは！　一番若輩の自分が！」

「いや～、俺よりでかいオスカーじゃ無理でしょ……」

確かにオスカーは護衛班で一番の長身だ。筋骨隆々なのはドミニクだが、身長だけなら誰よりも高く、長身のヨハンよりも高い。

「俺ならどうですか？　ヨハン様より小柄です」

「でも、体重はカイの方が重そうなんだけど。筋肉あるし。ノアが一番小柄で、顔立ちも中性的だろ。ほら、ここに化粧もあるし、ちょっと紅でもさせば女性に見えるよ」

ヨハンは面白がっているわけでもなんでもない。妥当だと思ってノアを指名しているようだ。

カイとオスカーの心配そうな視線を感じる。ノアは唇をきゅっとかみしめた後、ドレスの胸元が開いていないことを確認した。これならばごまかせるかもしれない。

「わかりました。すぐに仕度をします」

用意された隣室でドレスに着替えた。ホルターネックで胸元が見えないが、背中は大きく開いている。ウエスト部分で絞ってあり、胸にはカップがついていた。ここに布を詰めて女装をということだが、自前の胸で一応形になる。ひとつにまとめた髪をといた。

時間はないが、手渡された紅だけ唇にさした。やったことがないので、義母の仕草を一生懸命思い出しながらの作業だった。

ものの数分で仕度を終え、自身の姿を鏡に映す。そこには一応ではあるが女性がいた。

銀髪をたらし、刺繍を凝らされた裾の長いドレスに身を包み、立っている。

自分がノーラ・エストスとして育てられていたら、この姿は普通のことであっただろうか。

あなたは女性なのよ。その部分を忘れないで。そう言ったエストス侯夫人の言葉を思い出す。彼女は血のつながらないノアに、人生を強いてしまったことを悔いていた。だから、誰よりも優しく、ノアの尊厳を守ろうとしてくれていた。

「いや……」

肩から腕にしっかりと見える筋肉のライン、筋張った前腕や首筋は女性的には見えない。やはり自分はノアであり、ノーラではない。ノアは首を振り、つぶやいた。

「私は、男だ……兵士だ……」


それから数分としないうちにマージが女性を伴い部屋にやってきた。

騎士ふたりが待機する部屋を抜けて、寝室へ来るのが足音でわかる。ドアが開き、灯りが差し込んできた。

「やあ、女将」

ヨハンの声が身体に直接響く。なぜならノアはヨハンの膝の上に乗っているからである。腕をヨハンの首に絡め、肩に頬をもたせて、マージと娼婦の方をけだるく見つめる。暗い寝室にノアの長い銀髪は浮き上がって見え、意匠を凝らしたドレスの裾がヨハンの膝やベッドに広がっていた。

ヨハンはノアの背に腕を回し、くつろいだ様子でマージらを見ていた。

娼婦は赤いロングドレスを着たブルネットの美しい女だった。この娼館でナンバーワンというだけある。しかしその娼婦もマージも、思いもかけない光景に固まっているようだった。

「いやあ、すまない。実はこれは俺の妾でね。男のなりをさせて連れ歩いているんだ」

ヨハンは先ほどと同じ酔っただらしない口調で言う。

「ここで一番の美女を抱くのは許せないと怒り出してしまって。まったく女というのは困ったものだよ。いて、いててて」

打ち合わせ通り、ノアがヨハンの手の甲をつねったからだ。なお、ノアはこの羞恥の仕返しに、それなりに強くつねっている。あざのひとつもこしらえてやるつもりである。

それから、ノアは首をねじり娼婦とマージを一瞥《いちべつ》した。ヨハンの指示通り、嫉妬する女の瞳を一生懸命想像して。

アイスグレーの瞳から放たれる強い光は、女ふたりをたじろがせるには充分だったようだ。ふたりが後ずさったところにヨハンが駄目押しをする。

「まあ、嫉妬深いのもこいつの可愛いところでね。今夜はこいつを可愛がってやらなきゃいけない。そちらの美女はまたの機会にぜひ。いてて、やめろって」

「左様でございますか。それは失礼いたしました」

女将と娼婦は急いで部屋を去っていった。これで、今晩は平穏が守れるだろう。

足音が遠ざかり、ノアはヨハンの膝を下りた。心臓がずっと大きな音で鳴り響いていたので、ヨハンに聞こえていないか不安である。だからこそ、いっそう仏頂面を作る。

「はい。みんなお疲れー。ノア、いい女っぷりだったね。あの娼婦より綺麗だったよ」

「ご冗談を」

ヨハンの軽口に答える声も、とげとげしくなってしまう。横からオスカーがぼそりと言った。

「いえ、でも本当に、お綺麗です」

「じゃあ、もうノアは着替えてもいいんですよね」

これ以上、露見の可能性を減らすためにもカイが急《せ》かすように言うが、ヨハンは首を横に振る。

「駄目駄目。今夜は可愛がるって約束したし」

「はあ？」

「あ、それは冗談ね。怒らないで、カイ。でも、ノアにはもう少し付き合ってほしいんだよ」

ヨハンの言葉の意味がわからない。ノアはこの苦行がまだ続くのかと嫌な動悸《どうき》を覚えるのだった。


それから少しして、ノアはヨハンとともにロラントの盛り場を歩いていた。

夜間の街の様子も見ておきたいというのがヨハンの希望。観光客の資産家夫婦のふりをして歩こうという。ノアはドレスの上にケープを羽織り、髪の毛は器用なカイがアップスタイルにまとめてくれた。

娼館の特別室は三階にあるが建て増しをしているため、ひさしがいくつか突き出していた。雨どいと屋根を伝えば地上まで下りられる。戻るときは窓辺にいるカイとオスカーに合図し、ロープを下ろしてもらう予定だ。

ドレスが少々厄介ではあったが、持ち前の運動神経でノアは一階まで下りた。ヨハンもさくさくと下りて来る。乗馬技術もそうだが、やはりただの王子様ではないというのはこういうときに感じる。

「さあ、ノア、行こうか」

ヨハンが腕を差し出してくるので、夫婦らしく見せるために組んだ。本音を言えば、もうヨハンと接触したくはない。それでも、これも仕事ならノアは断る理由がない。

ヨハンが高身長のため、並ぶとそれなりに夫婦らしく見えるから不思議だ。ごつごつした筋肉質な腕と肩をケープで隠したのもよかった。

大通りには酔った兵士や商人がそこかしこにいた。食事処や酒場の呼び込みにメルテのような活気はなく、どことなくアングラな雰囲気が漂う。衛生的にも治安的にもいいとはいえないだろう。

「さっきは手の甲、めちゃくちゃ痛かったなー」

ヨハンがわざとらしく左手の甲をさする。ノアは周囲を警戒しつつ、平然と答えた。

「それなりに本気でつねりましたので」

「嫉妬してる女って感じが出てたよ。リアルだった」

ノアが何を言ってもこの男は楽しそうにしているのだろう。嘆息すると、ヨハンが言った。

「ドレス、背中開いてただろ。おまえの病気について配慮しなくて悪かった。嫌々やらせてしまってすまない」

思わずヨハンを見上げた。そんなことを気にしていたとは思わなかった。

「病は腹側なので、問題ありません」

「そっか。ありがとな、ノア」

埃《ほこり》っぽく、炭やその他の嫌な臭いがするロラントの盛り場。酔っ払いの声、どこかで誰かの言い争う声。喧噪の中を、ヨハンと夫婦のように腕を組んで歩くのは不思議だった。自分の姿は女。非日常の極致にいるような感覚だ。

「ノア、腹減ってないか？　宴の間中、俺を見張ってたし、ろくに食べてないだろ。何か食べようか」

「大丈夫です。それよりも調査でしょう」

「せっかくノアとふたりきりで歩いてるから、もうちょっとこうしていたいんですけどねー」

どういう意味だろう。つい、視線をヨハンに向けてしまい、菫色の瞳とぶつかった。ヨハンもまたノアを見つめていた。真摯な情熱の宿る瞳で。

「冗談に取らないでほしいんだけど、本当に綺麗だよ、ノア」

「男はそんな褒められ方をされても嬉しくはございません」

「だよね。でも、どうしても言いたかった。すごく綺麗。似合ってる。もちろん、普段のノアも格好いいけどね」

ヨハンの手がノアの頬に触れた。気づくと腰を抱かれ、向かい合う格好にさせられている。

「ヨハン様」

「護衛班のメンバーはさ、選定の時点から俺も関わってんの。ノアは士官学校時代の成績と戦場での功績で選んだ」

ヨハンも選考に関わっていたとは初耳の情報だ。気になって、ヨハンと密着している状態に焦るのを忘れ、熱っぽい瞳をじっと見つめてしまう。

「廃嫡になったエストス侯の長子って聞いてたからさ。もっと擦れてひねくれた感じのヤツかと思ってたんだよね。でも実際会ったノアは、怜悧《れいり》で理知的で、そして強かった」

「買いかぶりです」

「そして、すごく綺麗だった。これほど見事な銀髪を初めて見たし、凛々しく洗練されているのに、野性的に光る瞳に惹《ひ》きつけられた」

ヨハンの手がノアの髪に触れる。カイがまとめてくれた束から一筋こぼれた髪を指に絡める。

「俺を守って銃弾を受けた。たぶんあれが完全にやられた瞬間だったよ」

「ヨハン様……何を」

「もっとノアのことが知りたくなってる」

まっすぐに見つめられ、ノアは自分の頬や首が熱くなっていることに気づいた。心臓は早鐘を打っているし、言葉が出てこない。

これ以上こうしてはいられない。ノアはまわされた腕をはずした。膂力はノアの方が上だ。

ヨハンの腕はあっさりはずれる。

「あ、いい感じだったのに。おしまい？　駄目？」

「お戯れがすぎますね。こういったことは気になるご令嬢にお試しください」

ヨハンはすっかりいつもの調子だ。腕を組むのもやめて、ノアはヨハンの横を歩き出す。静まれ、と自身の心臓に命じながら。

「どこの令嬢にもお試しする予定ないんだけどなあ」

女などよりどりみどりだろう。ノアは心の中で唱える。たった今のヨハンの行動に、怒りとも戸惑いともつかない感情でいっぱいだ。

やはり見た目通りの軽薄な男なのだ。誰に対しても気安い接触ができるのだ。

（それとも実は男色だったとか）

心中つぶやき、余計に気持ちがざわめく。ノアに意味ありげな視線を送るというのは、男として男を愛する嗜好があるのかもしれない。もしくは男も女も愛せるタチなのかもしれない。

(愛せる……いや、単純に性処理の相手を探している可能性もあるな)

ヨハンは現在、遊ぶこともままならぬ立場。手近にいる存在で、肉体の欲求を発散させようと考えても無理はない。

(やはり軽薄……。もし望まれても、絶対に断る。この役目を下ろされてもだ)

望まれて肌を見せれば、女であると露見する。そうすれば、軍でも居場所を失うのだ。立身出世以前の問題である。

深くこの王子と関わってはいけなかった。勝手に共感し、同じものを見ているのだとうぬぼれて、気を許すべきではなかった。結果、自身の立場すら危うくなっている。

(……待て、私は気を許していたのか？　この方に……)

自分で行きついた思考に愕然《がくぜん》とし、みるみるうちに頬が熱くなる。

「ねえ、ノア。怒らないでってば。ほら、俺、一応警護対象よ」

後ろからヨハンに呼ばれ、ノアははたと止まった。無言でずんずん歩いていたため、ヨハンを置き去りにしていた。妙な顔をするなと自分を律し、急いでヨハンの横に戻ると、今度は手をつながれた。

「これで置いてけぼり回避」

にっこり笑う無邪気なヨハンに、どうしても鼓動が大きくなってしまう。こんな感覚は嫌だ。自分が自分でなくなりそうで、ものすごく嫌だ。

「ノア、あそこ見てごらん」

ふと、ヨハンの口調が変わった。

ヨハンが顎で示す路地にはボリュームのある柄ズボンを穿《は》く男がいる。上半身裸で、見たことのない文様の入れ墨が腹に入っていた。

「見るからに、だねえ。ちょっと話しかけてみよう」

ヨハンはそう言ってずんずん男に近づいていく。ノアは手を引かれながら、一応警戒の姿勢を取った。

「いい夜だね。何か売ってるの？」

「やあ、お似合いのご夫婦。観光かい？」

ヨハンの口調は確かに浮かれた観光客風である。隙だらけの雰囲気を作るのがうまい。

「そう。と、いっても立ち寄っただけなんだけどね。明日にはメルテに戻るんだ」

「旦那、メルテの紳士かい。じゃあ、俺に売ってほしいものがあって話しかけたね」

「ああ、バロック産があると噂で聞いて。郊外でもないとやんちゃなことはできないからね」

指で値段を示され、ヨハンはなんのためらいもなくその倍額に色をつけて出した。男は嬉しそうに眦《まなじり》を下げ、羽振りのいい観光客に紙包みをふたつ手渡す。

「上等なバロック産。奥様と楽しんで。盛り上がるよ」

「気分が暗くなったりはしないかい？」

「初回は大丈夫。何度もはやめておきなよ。いくつか出回ってるけど、これは上物だから安心していい」

一度きりしか相手にしない観光客だからこそ、そういった忠告をするのだろう。兵士相手になら、おそらく搾り取れる限り売り続けるのだ。

ヨハンは紙包みを持ち上げて、面白そうに眺めた。

「一応聞いておきたいんだが、こういうものはきみ以外に誰から買えるんだい？　知人に教えたくて」

「俺から買ってほしいけどね。どうしてもっていうなら、娼館で聞いてみるといい。観光客は、娼婦と一緒に買うことが多いからね。奥様の前で、失礼」

「そうか、ありがとう。今夜はこれで妻と楽しむよ」

そう言ってヨハンはノアの腰を抱く。ノアは甘えるように寄りかかりながら、素早くヨハンを誘導しその場から退避した。

「現物ですね」

充分離れてからノアは口を開く。

「うん、メルテに戻ったら検査機関に鑑定に出すけど。成果としては上々。戻るとするか」

紙包みをふたつ、丁寧に布に包んで懐にしまい、ヨハンが顔をあげた。


娼館の部屋に無事に戻れたが、すでに時刻は日付をまたいでいた。

「ヨハン様、汗を流してお休みください」

風呂と湯の設備はある。声をかけるノアは自らも隣室で着替えてくるつもりであった。すると、ヨハンがつかつかと歩み寄ってきた。両腕を左右からつかみ、ノアの顔を覗き込んで微笑む。

「明るいところで見るノアはいっそう綺麗だ。見納めによく見せてくれ」

全身に血が駆け巡る感覚がした。先ほどの街中での抱擁がよみがえり、顔が焼け付くように熱くなる。

何か言い返そうとするが言葉にならない。唇を震わせるノアの腕をカイが引いた。

「ヨハン様、ノアを着替えさせてきます」

「カイが手伝うの？　ひとりで着替えられるでしょ」

「いえ、手伝います！」

カイはなかば奪還するようにノアの身体をヨハンから引きはがす。ノアは引きずられて、部屋の外へ引っ張り出された。

「隣で着替えよう」

「ありがとう。ひとりで着替えられる」

着替えを受け取るが、カイはノアを隣室に押し込み、自らも入ると戸を閉めてしまった。

「カイ？」

「ノア、その顔はまずい。落ち着け」

何を、と言おうとして自分の頬が赤くほてっているだろうことに思い至った。しかし、これは反射だ。なんの他意もない。

「落ち着いているつもりだ」

「嘘つけ。男と殴り合いはできても、こういう方面で免疫がないからな。おまえは」

確かに、ヨハンはまるで女性を扱うようにノアに触れた。好意があるかのようにノアを見つめた。他者からそういう視線を向けられた経験がノアにはない。

だからこそ驚いているだけで、カイが心配するような感情の動きはない。ないはずだ。

「いいか。全部、ヨハン王子の戯れだ」

「わかってる」

「あのお立場であの容姿だ。女も男も慣れているに違いない。手近に遊べそうなヤツがいないか探しているだけだ。真に受けるな」

「わかっていると言っているだろ。過保護だぞ、カイ」

珍しく声を荒らげたノアに、カイが一瞬たじろいだ。むきになった自分が恥ずかしく、ノアは低い声で続けた。

「私は男で、騎士だ。あの方の盾でしかない」

まるで自分自身に言い聞かせるような響きになってしまった。

盾でしかない。それなら、本当は何になりたいのだろう。それ以上は考えるべきではなかった。


夜は更け、娼館はどこもかしこもすっかり静まり返っていた。

ヨハンを寝室で休ませ、三人は居間に待機している。交代でソファを使って休むのだが、自分の休息時間が来てもノアは寝付けずにいた。

間近で見つめたヨハンの菫色の瞳が頭から離れない。綺麗だ綺麗だとノアを褒めてくれたが、ノアからしたらヨハンこそ流麗で美しい。品も教養もあるのに、そうは見せず、のんきでふざけた男を気取る。ヨハンが自分だけを見つめる瞬間に胸が高鳴るのを抑えきれない。今すぐに、眠る彼の顔を見てこの思い違いを正したい。

男である自分が、彼に心惹かれているなんて、あってはならない。この国の第二王子に特別な感情を持ち始めているなんて……。

(埒《らち》もないことを考えるな)

ヨハンの盾。それがノアの仕事である。メルテン連邦の未来を担うヨハン・レオナルト・メルテを守り抜くことだけに注力すべきだ。

そのかすかな物音は窓から聞こえた。

「カイ」

ノアは小声で起きているはずのカイの名を呼ぶ。カイも気づいていたようだ。すでに椅子から腰を浮かせている。

ソファから起き上がり、オスカーを起こす。

寝室の戸は開け放ってもらっている。ノアの目に、寝室の窓の人影が映った。月の逆光で顔は見えない。

三階の窓から侵入してくる存在が不審者でなくてなんであろう。鍵の部分を壊したようで、外側に窓が開いていく。

「カイ、ヨハン様を！　オスカー来い！」

短く言ってノアは一足飛びに隣室の窓際に駆け寄った。そして、そこにいた人物の腕を肩口からつかむと、ぐるりと半身を返し背負い投げる。仰向けにドッと転がった暴漢の手足をオスカーが押さえ込んだ。カイはヨハンを起こし、ベッドの上で保護している状態だ。

「そのまま押さえていろ！」

拘束しようとノアがロープを取りにいった瞬間だ。暗闇に光ったのは短剣。オスカーが咄嗟に身をひるがえす。反応がよかったため傷は負わなかった。

しかし、水にでも飛び込むかのように暴漢は窓の外に身を躍らせた。ノアとオスカーは駆け寄り、窓枠から身を乗り出して、暴漢が落下したはずの地面を見た。頭から飛び降りたのではおそらく命は助からないだろうと思ったのだ。

「いない」

「いや、あそこだ」

見れば厚手の布を丸めたものを運び走っていく男が五人。あの布で暴漢を受け止めたのだ。そして、そのまま逃走。初めから手はずが整っていたと見える。

「追いますか!?」

「いや、おそらく馬車か馬を用意しているはずだ。間に合わないし、深追いすればヨハン様の守りが手薄になる」

気づけばベッドから下りたヨハンが、ノアたちの横に立っていた。手を額にひさしのように当てて去っていく暴漢たちを眺めている。

「粗い仕事だねぇ。つけられていたのか、俺の顔を知ってるヤツが情報を流したのか」

「メルテ出発時につけられていた感覚はありませんでした」

ノアの答えにヨハンが「ふうむ」と唸る。何か考えている様子だ。

「ヨハン様、これを……」

カイの言葉に振り向くと、絨毯に先ほどの暴漢が持っていた短剣が落ちていた。

「やっぱ粗い仕事～」

ヨハンが拾い上げようとしてぴたりと止まった。全員の目にもそれが映った。

「王太子の紋章……」

短剣の軸には王太子の紋章が付いている。近衛の中でも王太子の従士に与えられるものだ。

「わかりやすいな」

一度は動きを止めたヨハンだが、動じることなく拾い上げた。

「逃走の準備をして短剣を落としていくなんて、これ見よがしだよね。俺と兄の仲違《なかたが》いが目的かな？」

「ヨハン様を狙っていたのは確かでしょうが、失敗したら短剣を置いていく目的だったのかもしれません」

ノアが答え、カイが渋い顔をする。

「ですが、これはヨハン様がここにいると露見しているってことですよね。本件の犯人がロラント領内の者なら、いつまでも敵の巣穴にいていいものでしょうか」

「次はちょっと強引な手でくるかもね。ロラント侯が関わっていればなおさら」

ヨハンは顔をあげ、オスカーに命じる。

「女将を起こして精算しよう。あと一時間ほどで夜が明ける。それと同時にメルテに向かって出発する」

幸いなことに女将はノアたち一行に起こったことを把握しておらず、引き留めることもなく送り出した。ロラントの要塞都市を出るまでかなり警戒をしたが、明け方の煤《すす》けた街は野犬の声くらいしかせず静かだった。

こうしてノアたちは、予定よりずっと早くロラント領国を後にしたのだった。

第五章

初めての感情

ロラント領から馬を飛ばす。追われている感覚はなかったが、大事をとって休憩は取らずに帰ってきた。替え馬もせずの強行軍、人も馬もかなり疲労している。

メルテに戻ると、ヨハンはすぐに手に入れた麻薬を専門機関に託した。例の麻薬と同一か鑑定してもらうためである。王太子紋章入りの短剣の件はニコラウスと護衛班に情報を共有し、ヨハンが保管することとなった。

日が暮れ、さすがのヨハンも早めに休むというので、ノアらも自室に引き上げた。

なんとなくそうではないかと思っていたが、やはり月のものがきていた。予定より早い。ここしばらくの多忙と環境変化のせいだろう。今回は出血が多く、頭痛と倦怠《けんたい》感がひどい。自分の身体が女であると痛感するときが一番嫌だ。どれほど鍛えあげても、身体は勝手に変化してしまうのだから。

夕食時に自室を出てサロンにやってきたが、顔色の悪さをカイに見とがめられた。

「ノア、明日は寝て過ごせよ」

「明日は鍛錬の予定だ」

もう一日休日があるのだ。せっかくだから走り込みと鍛錬、銃の整備に時間を使いたかった。

すると、ジェイデンも横から顔を覗き込んでくる。

「うーわ、青い顔してる。いざってときに足手まといになると困るんだけど」

「ジェイも心配してるから、ノアは休んだ方がいいね」

ベンジャミンがジェイデンの言葉を意訳し、ジェイデンに叩かれていた。

同僚に頼りなく思われたくもないので、結局翌日はベッドで過ごすことにした。鍛錬を欠かしたくないという逸《はや》る気持ちもあったが、体調回復に一日使うのは重要かもしれないと思い直したのだ。

天井を見上げながら考える。

ロラント領国への一泊二日の強行軍で得たものは大きい。公営の娼館が危険な麻薬の売買をしている事実、バルテールの物資が大量に流入している領内市場。ヨハンが見たかったものは確認できたはずだ。

身元が割れ、狙われたからこそ急いでメルテに戻ってきたが、もし翌日もロラントで動き回れるなら、ヨハンはロラント侯周辺を探りたかったのだろう。

残念ながらヨハンを狙う者たちとバルテールの関わりはわからなかった。葬儀社の男の証言だけでは、物的証拠がない。

さらに問題が浮上してきた。暴漢が落としていった王太子紋章付きの短剣。

王太子紋章は代々同じものであり、ツテがあれば手に入るかもしれない。しかし、本当にこの短剣はフェイクなのだろうか。

万にひとつだが、フリードリヒの手の者にヨハンを快く思わない者がいる可能性はないだろうか。ヨハンの命を狙う者は、果たしてひとつの組織なのか。複数いるのか。

そこに王太子は直接関わっているのか。もし、そうだとしたら、ヨハンは……。

天井を睨んでそんなことを延々考えていたら、ドアがノックされた。

「おはよう。食事を持って来た」

カイである。ノアは身体を起こし、ベッドに腰かけた。

「悪い。ありがとう」

「三食運んでやるから寝巻で過ごせよ。いつものヤツだろ」

「ああ。女の身を歯がゆく思う毎月のヤツだ」

カイはふうとため息をつき、椅子に腰かけた。ベッドに腰かけた姿勢で、パンとスープとチーズという簡素な朝食を次々と口に放り込んでいくノアを見つめている。

「俺はノアが女でもいいと思うけどね。男でも女でも俺の兄弟であることに変わりはないし」

「兵士である以上、女ではいられないさ」

「女騎士、女将軍。おまえが先駆者になればいい。きっと人気が出るぞ」

ノアは並の男より兵士として勝っている自負がある。しかし、それでも女だと公表すれば生きづらさは増すだろう。

「広告塔として扱われるか、ヨハン様の妾だと笑われるか……。どちらも冗談じゃないな」

吐き捨てるように言うノアに、カイはため息をつく。

「世界はどんどん変わっていく。蒸気機関の話を知っているか？　機械が入って綿製品の製造量も増えた。これから蒸気機関を使った乗り物もできる。そういったものが馬や馬車にとってかわる時代が来る」

「戦争が剣から銃に変わっていったようにか？　何が言いたいんだ、カイ」

「時代が変われば、おまえが受け入れられる社会が来るってことだ。女であるノアを隠さずに、この道を進めるようになる」

「男でいい。そう育てられたし、その生き方以外知らない」

ノアは最後のパンをスープで流し込み、器を盆に置いた。水をごくごくと飲み干す。

「男としての気持ちじゃないだろ。ヨハン様への想いは」

カイの言葉に、ぎくりと身を震わせた。

「ロラントでのことをまだ言っているのか。あの方の戯れだ。本気になどするか」

「戯れでも、もしヨハン様の寵を得られたら、ノアは女として生きていける」

語尾が小さくなり、カイはうつむいた。

「あのときはヨハン様の戯れに付き合うなと言った。だけど、俺も考えた。ヨハン様がもしおまえに一時でも情をかけたら、きっとあの方は最後までおまえの面倒を見ると思う。御子《おこ》をなせば、きっとおまえに妻の立場をくれ、生涯大事にしてくれる。あの方はふざけたところもあるし、腹が見えないところもある。だけど、国家に対しては誠実で、俺たち部下も蔑《ないがし》ろにする人じゃない」

「なんだ、カイは私に令嬢として生きろというのか。今更、女に戻って、男の寵を頼りに生きろというのか。馬鹿らしい」

憤りを隠さず怒声を発するノアに、カイも声を荒らげる。

「俺だって、そんなのは望んでないよ！　だけど、おまえが……ノア自身がヨハン様に惚れてるなら、その幸せを応援したいだろ⁉」

何を言っている。私がヨハン様に？

馬鹿を言うな。

ノアはそう返そうと思ったのだ。しかし、言葉は喉の奥で引っ掛かり、代わりに頬が見る間に熱くなってきた。

「青白かった顔がいっきに真っ赤になるんだから。それで隠してるつもりなら、おまえは兄弟を甘く見てるよ」

「私は……そんなつもりは……」

「初めての感情だから、わかんないんだろ」

ふーと息をつき、カイは椅子の背もたれに身体を預けた。

「ビルギット様は、ずっとおまえに女の自分を大事にしてほしいと願われていた。俺もそれは同感だ。おまえは心身ともに強いし、優秀な兵士だ。だけど女だよ。恋を知れば、鋼ではいられない」

義母の話をされ、ノアの脳裏にもエストス侯夫人の姿が浮かぶ。あなたは女性なのよ。そう言って、髪をすいてくれた優しい義母。

「俺はノアの兄貴だから、おまえの幸せを誰より願っている。応援したいと思っている」

願ってもらったところで、応援されたところでどうなると言うのだ。相手はこの国の第二王子。こちらは男のなりをした一介の騎士。

そう考え、ノアは一瞬でも自分がヨハンの横にいる未来を夢想したと気づいた。それは、苦しくなるほどの羞恥。

「……私の二十二年を、否定するのは嫌だ」

迷ってようやく出た声は低くかすれていた。それはヨハンへの気持ちが判然としないこの瞬間にも、絶対的に言えることだった。

「女としての未来を考えるだけで、それは今までの私への裏切りだ。私には夢がある。メルテン連邦軍の大将軍となる夢が」

「ノア、おまえは……」

「そのとき、並び立ってくれるのはおまえだろう、カイ」

ノアの厳然たる言葉に、カイはしばし黙りそれから嘆息した。

「そうだな。わかった」

「もうこの話はやめよう」

一転弱々しくなってしまった声を隠すように、ノアはベッドに戻った。カイが盆を手に部屋を出ていく音を聞きながら目を閉じる。

(ヨハン様を……？)

「あり得ない」

口にして、頭が冴えた。そうだ。他者への親愛は知っていても、恋愛という意味で誰かを愛する未来はない。

カイは思い違いをしているのだ。ヨハンは一般的に見て魅力的な男性で、女性にするように扱われたため、ノアの感覚がおかしくなった。それをカイが無駄に心配しただけ。

（忘れよう。早く）

ロラントの夜のことなど忘れた方がいい。日常から離れ、ヨハンも少し浮かれていたのかもしれない。ヨハンは信頼すべき主だ。守るべき、この国の未来。

ドアがノックされた。オスカーかベンジャミンが様子でも見に来たのだろうか。

「起きている」

声をかけると、ドアが開いた。

「やあ、ノア。体調悪いんだって。見舞いにきたよ」

そう言って無遠慮に入ってきたのはヨハンだ。彼の離宮ではあるが、護衛班の面々に与えられた個室にやってくるとは思わなかった。

ノアは慌てて身体を起こしてから、今日は胸に布を巻いていなかったことに気づいた。慌てて寝巻の上に前開きのニットを羽織った。カイの母親のミリーが編んでくれたものだ。

「ヨハン様でいらっしゃいましたか。このような姿で失礼します。何かご用でしたら、あらためて私からヨハン様の元に伺いますので」

「いや、見舞いだってば。体調悪いんだろ？　俺も今日は休みだしね」

ヨハンは手に持っていたかごをベッドサイドのテーブルに置いた。かぶせられた布からブドウの実がこぼれて見える。

「ブドウ好き？　甘いヤツを用意してもらったんだ」

「お心遣い感謝いたします」

頭を下げ、それで帰るだろうと思ったのだが、ヨハンはノアの腕をつかみベッドに座らせる。自分は先ほどまでカイが座っていた椅子に腰かけるのだ。

「あの」

「今さっきまでカイがいた？」

「え、ああ、はい。朝食を持って来てくれました」

ヨハンは難しい顔になり、それから目を閉じ「んー」と唸る。どうしたのだろうとうかがうように顔を見つめると、ぱっと菫色の目を開いた。

「ノアとカイは乳兄弟なんだったな。幼馴染というか。エストス領では主従的な関係だったとか？」

「ええ、カイの母親のミリーが私の乳母でしたので。ですが、幼い頃も今も、主従というより兄弟として接してきました」

「それだけ、でいいんだよな」

なんの確認だろう。ヨハンの問いに、ノアはこくんと頷く。

「あいつは私を弟扱いしているようですが、私からしたらあいつこそ弟のようなものです。年も三月ばかりあいつが上というだけで」

ヨハンは少し笑って、ノアをじっと見つめた。

「ノアってさ、実は結構愛されて育ってるんだね。後継者争いがあったっていうから、不安定な環境だったんだろうなって思ってたけど」

ヨハンの言葉にノアはなんと答えたものか迷った。後継者争いに負けて入隊したという立場で、家族仲がよかったとは言いづらいものがある。

「ノアの他者への言葉や不器用な思いやりは、人間性を無視されて育つものじゃない。周囲に大事にされて培われたものだと思う。そういうところもいいって思ってるから」

「褒めていただくような環境では……」

ノア自身は周囲に恵まれたと思っている。乳母のミリーも義母のエストス侯夫人もいつくしんで育ててくれた。父もカイも見守ってくれた。幼い弟のマルティンがくれたのは、運命の流転であったが、それ以上に血のつながった存在というまばゆい喜びをくれた。

だから守りたいのだ。故郷を、家族を。

「うーん、俺はさ。カイが今もそうやってノアを大事にしているのはいいと思うんだけど」

ヨハンは珍しく言い淀《よど》み、視線をノアからはずす。

「ふたりが恋仲だったり、将来を誓い合うような関係だったりするのかなって、気になったりするわけで」

「な！　あり得ません！　男同士ですし！」

「戦場で背中を預け合う者同士、よくある関係だろ」

「兄弟の絆で充分です。カイと色恋など考えたこともありませんし、カイも同じです」

するとヨハンがぱっと表情を明るくした。子どものように無邪気で素直な変化に驚く。

「そっか。じゃあ、俺はノアとカイの関係を気にしなくていいわけだ」

「気にするなどと……」

「一応、嫉妬してたんですけどねー。あんまり仲いいもんで」

嫉妬という単語に思わず言葉を失う。それは恋愛感情の意味だろうか。抑え込もう、考えまいとしていた感情が、胸の奥からざわざわと湧き出《い》でる。

「ノアからしたら、俺は守るべき王子様だろう。でも俺はそれだけだとちょっとつまんない。ロラントでも言ったけれど、俺はノアのこと、もっと知りたくなってる」

「ヨハン様、あまりふざけられると困ります」

怒ったような口調を敢《あ》えて選んだ。ヨハンの言葉と瞳が熱心だからだ。カイの言葉がよぎる。ヨハンに女として愛される未来……いや、考えては駄目だ。

「私は男です。ヨハン様のお暇つぶしにもなりません。今は難しいかもしれませんが、やがて女性と時間を過ごすこともできるようになるはずです。どうか、それまで……」

「男とか女とか関係なく、他の誰でもなく、ノアに興味があるって言ってる。遊びなんかじゃなく」

ヨハンが立ち上がり、ベッドに腰かけるノアの足元にひざまずいた。臣下としてはそんなことはさせられず慌ててヨハンを立たせようとするが、ヨハンは首を振り、ノアの手をしっかりと握った。

「ノアも俺に興味を持ってほしい。俺が気にしてるくらいは気にしてほしい」

ノアは自分の頬がまた熱くなっているのを感じた。必死にこの状況をどうにかしようとすればするほど、冷静な表情は保てなくなる。どうしてこうなってしまうのだ。これではヨハンを勘違いさせてしまう。

ヨハンは王子だ。自分はその盾。

手を握られ、赤くなるような仲ではないのだ。

手を離してほしい。膝などつかないでほしい。

だけど、触れ合った手のぬくもりと射貫《いぬ》くような菫色の瞳が惜しい。離れたくないと思ってしまう。

言葉も選べず、うろたえるばかりのノアをヨハンはしばらく見つめ、それからふっと苦笑いを作った。手を離し、立ち上がる。

「なんちゃって。困らせませんよー。将来有望な騎士にセクハラして、護衛班を減らしたくないもん」

「ヨハン様……」

離れていった温度を惜しみながらノアはぎゅっと拳を握る。なんと言えばいいのだろう。遠ざける言葉がきっと正解だ。私は男妾ではないと強く怒ればいい。それなのに、出てこない。

すると、くるりとヨハンがこちらを振り返った。

「でもたまにこうして、ノアと過ごしたい。嫌なこと、しないからさ」

そう言って、ヨハンはノアの部屋を出ていった。

ノアはいつまで経ってもヨハンが消えたドアを見つめ続けていた。頬が熱く、胸が苦しい。


その日の夜にノアは軍本部から呼び出された。呼び出したのは以前の上司のアンドレア中尉である。銃士隊を率いている。

着替えて、居室を出たところでジェイデンと会った。

「ノア、もういいの？」

「ああ。心配をかけた」

ジェイデンはあからさまに眉をひそめて、口をとがらせる。

「心配してないけど？　まあ、昨日よりは顔色がいいんじゃない？」

「しっかり休ませてもらった。軍本部に呼ばれているから行ってくる」

「なんの用事だよ。雑用なら僕が代わるからもう少し寝てれば？」

ともに過ごすうち、この皮肉屋の双子の片割れに嫌われているわけではないとは気づいていたノアだが、思いのほか本気の心配に驚く。

「なんだよ。その顔」

「いや、ジェイデンは優しいなと思ったんだ」

「はあ？　意味わかんないな、おまえ！　僕は護衛班が欠けると負担が増して迷惑だから言ってるんだよ。全部、自分のためだ！」

照れ隠しなのか猛烈に怒るジェイデンに、ノアはふっと微笑んでしまった。この笑みが火に油を注ぐと知りつつ、思わずこぼれてしまったのだ。

「にやにやするな！」

「いや、すまない。ありがとう、ジェイデン。呼び出しているのは銃士隊の元上司だから、私が行ってくる。迷惑をかけないように早く休んで、明日には体調を万全にする」

「あっそ。好きにしろよ」

怒った顔でサロンに向かって歩いていくジェイデンを見送った。感謝も優しさへの讃辞《さんじ》もきっとジェイデンは喜ばないだろう。それでもノアは同僚のささいな気遣いに心が温まるような感覚だった。

武功で招集された若手兵士の集団だとは思っていたが、おそらくはそれだけではないのだ。人間性という点において、信に足るとヨハンが考えた人材が集められているのだろう。

久しぶりの連邦軍本部舎は、日中の業務も終わった時刻ですれ違う兵士も少ない。

「ノア・クランツ、参りました」

アンドレアは個人の執務室を持つ立場にない。呼ばれたのは軍本部の作戦室のひとつである。

「クランツ、少し話を聞かせてほしい」

アンドレアは前置きもなく切り出した。

「ヨハン王子についてだ。おまえが護衛班についてから、見聞きしたことをすべて」

ノアは一瞬たじろいだ。意味がわからなかった。ノアは軍本部から命を受け、ヨハンの護衛班に選ばれたのである。

「日々の報告は護衛班のリーダーであるドミニク・ハインミュラーがあげているはずですが」

「おまえの目で見聞きしたことを話してほしいのだ、クランツ。昨日、王子はロラント領国にお出かけになったな。それはなんのためだ」

ヨハンがロラント領国に行ったのは公にされていない。兄のフリードリヒ王太子しか知らないはずだ。その情報をどうして軍部が握っているのだろう。

かまをかけられているのではという疑いと同時に、頭にはあの夜暴漢が落としていった王太子紋章の入った短剣が浮かぶ。

「ロラントでバルテール帝国の者と会っていたということはないか。おまえが見聞きした範囲でいい。女を買っていたなら、その女に同行者はいなかったか」

娼館に宿泊したことも知られているようだ。しかし、バルテールの者と会っていたというのはどういうことだ。ヨハンがバルテールと繋《つな》がっているという疑いが軍にはあるのか。

ノアは意を決して、アンドレアを見据えた。

「アンドレア中尉、私は今、護衛班の所属です。王子に近い立場ゆえに、私の一存で返答できるものには限りがございます」

「クランツ、おまえはメルテン連邦軍の兵士だ」

「それでも今はヨハン王子にお仕えしております」

「王宮からの指示だとしてもか？」

王宮の……それは王太子や王側が知りたがっていると考えるべきなのか。ヨハンの行動を身内が疑っているなら、看過できる事態ではない。

しかし、フリードリヒはヨハンととても仲のいい兄弟に見えた。ロラント行きもフリードリヒだけには話している。

そんなフリードリヒが、実弟が敵国と通じているなどと考えるだろうか。もし、そうだとしたらそんな事実無根の疑いは晴らさなければならない。

「私からお答えすることはできません」

ここでヨハンが何もしていない、バルテールと繋がるなどという事実はないと断言するのは容易《たやす》い。むしろ、疑われているというのなら潔白の証明をすべきだ。しかし、それはノアの立場ではできない。いや、すべきではないのだ。

ロラント領国行きは少なくとも公のことではなく、ここでノアが下手なことを言えば、裏付けになってしまう。

「ご用はそれだけでしょうか。失礼いたします」

「クランツ」

ノアは呼ぶ声には応じず、敬礼し部屋を出た。

ノアを第二王子護衛班に任じたのはヘニッヒ中佐だ。しかし、ヘニッヒ中佐ではなく、元上司のアンドレアから呼び出されたということは、この件に関しては指揮系統が違うのだ。

連邦軍とて一枚岩ではない。ヨハンと対立する筋があると仮定すれば、簡単に情報を漏らしてはいけない。

この件について、まずは戻ってドミニクに相談しよう。その上で、独自に調べられるツテがあれば……。

部屋に戻るとカイが来ていた。ノアがアンドレアに呼び出されたことは知っている。

「ノア、アンドレア中尉の用事は？」

そう尋ねながら、封書を渡してくる。ノアはそれを受け取り、宛名に父の名を見た。

「ヨハン王子の外出の件が漏洩《ろうえい》していた。その件について聞かれた。何も答えていないがな」

「は？　マジか。ロラントの暴漢が王太子紋章入りの短剣を落としていったことと繋がるじゃん」

「いや、早計だ。まだ何ひとつ断言できることがない。ドミニクに報告するが、ヨハン様のお耳に入れるかは悩むところだ。私たち自身も油断せず慎重に動くべきだろう」

封筒から手紙を取り出す。父の手紙は、いつも通り身体を気遣うメッセージが書かれている。エストス侯夫人はしょっちゅう手紙をくれ、可愛い弟・マルティンの成長をつぶさに教えてくれるが、父からの手紙は用件あってのことが多い。

「ヴィーゲルト元宰相……」

手紙には元宰相のヴィーゲルト公爵が病にあり、父の名代として見舞いに赴いてほしいとある。ヴィーゲルトはノアが男として生きるきっかけとなった人物だ。エストス領国の自治を守るため、ノアを男児の跡継ぎとした計略に深く関わっている。父と懇意で、ノアは幼い頃から会うたびに実の孫のように可愛がってもらった。

カイとの士官学校入りに尽力してくれたのもヴィーゲルトだ。

一方で思った。メルテン連邦最後の宰相だった彼が引退し、宰相は国務大臣という役職名に変わった。長くメルテン連邦の中枢に君臨した彼なら、王宮の事情には精通しているだろう。

「カイ、明日ヴィーゲルト元宰相の見舞いに行く。おまえも同行するか」

「いや、そろってここを空けられないだろ。エストス侯の名代はおまえなんだから、俺は残るよ」

「わかった」

ノアは手紙をしまい、カイとともにドミニクの元へ向かうため部屋を出た。


翌日、ヨハンは休暇を終え職務に戻った。閣議決定された改正法案は、議会に提出され、ここから数日かけて質疑応答を交えて議論を深める。

護衛班の警備体制も元通り。夕刻にはヨハンが王宮に戻り、夜の日程がないというのでノアは外出をドミニクに願い出て、予定通りヴィーゲルトの元へ向かった。

城下南の地域には貴族や富裕な市民の邸宅が立ち並ぶ一角がある。アポイントを入れておいたため、ヴィーゲルトは病床から身体を起こして待っていてくれた。七十代後半のヴィーゲルトは病が進行してからはほとんどベッドで過ごしていると聞いている。

「ノア・クランツ・エストス。騎士の称号を得たと聞いている。立派な若者になったな」

この国の重鎮だった男は、老いて病を得てなお、力のある瞳をしている。

「ヴィーゲルト様、ご無沙汰しております。父の名代でお見舞いに参りました。故郷より、果物が届いておりますので持参いたしました。お口に合えば幸いです」

ノアは敬礼し、勧められた椅子にかけた。

「第二王子の護衛班に取り立てられたそうだな。立身出世のチャンスだ。励みなさい」

「はい。私が軍で身を立てれば、エストスの地は守られると思っております。長くヴィーゲルト様のお力で庇護《ひご》をいただいておりました故郷を、これからは私の力で守っていきたいです」

「ノーラ」

ヴィーゲルトが呼んだ名は、ノアの女名だ。生まれたときに母がつけてくれた。祖母の名らしい。母は間もなく死に、父が近い男名としてノアとつけたのだ。

この名を知っているのはごくわずかだ。

「おまえさんの女としての人生は私が奪った。私を恨んでいるかい？」

人生の終盤を悟っているのだろうか。ヴィーゲルトにとってこの件は心残りなのかもしれない。

ノアは首を左右に振り、頭を垂れた。

「めっそうもございません。私は男として育ったことを誇りに思っています。家族とエストスのために生きる道も見つかりました」

「女であれば、廃嫡騒動の後、どこぞの貴族に嫁入りの世話もしてやれたというのに」

「どなたかの妻になって生きる未来に興味はございません。馬を駆り、銃剣を手に戦場を走る。そういった生き方に喜びと楽しさを見出《みいだ》すことができました。今、ヨハン様の護衛というやりがいのあるお役目を頂戴したことも誇りに思っています」

素直な言葉だった。自分の生まれと育ちを卑下したことはない。

「そうか。それなら、おまえさんは変わったね、ノア」

ヴィーゲルトがどこかほっとしたような表情で言った。

「喜びや楽しさという言葉がノアの口から出てくるとは思わなかったよ。士官学校に入ると言った十五のノア・エストスは、使命感と悲壮感でぎりぎりの表情をしていた。今のおまえさんは確かに楽しそうだ」

ふと、十五歳の自分を思い出した。言われてみれば、あの頃の自分は今とは違ったかもしれない。エストスの領民は自分を未来の領主とは認めてくれなかった。生まれて十数年、エストスのために生きてきたのに、放り出されて裏切られたような心地を覚えたのは事実だ。

弟への愛着と、両親を矢面に立たせたくない気持ちが勝って、自ら後継者を降りただけ。自分の居場所を探しての従軍だった。身を立てることで、生きていてもいい証《あかし》がほしい。生まれてきた役目を知りたい。

そう思って、きっと険しい表情をしていただろう。

それでも今は楽しい。仲間とともにあることが、守るべき存在があることが。

ヨハンの顔がよぎり、胸がどくっと鳴った。

彼もまた自分の役目を探す人である。そこにノアは想いを重ねた。

「さて、ノア。おまえさんは私にとっては可愛い孫のようなもの。この老いぼれに見舞いだけでやってきたのかい？　顔を見せてくれた礼はしないとと思っているがね」

どうやら、ノアに話したいことがあると見抜いているようである。ノアは遠慮なく口を開いた。

「王宮内についてです。ヨハン王子の護衛をしておりますと、王宮内にヨハン王子を邪魔に思う一派がいるように感じられます。それらの者が軍に調査を命じるため、軍も分裂の可能性があります」

「なるほど。まあ、聡明な王子がふたり並び立てば、派閥が生まれるのは当然だろう。私が在職していた時分から、まだ幼かったヨハン王子を擁立したいという一派はいた」

「ヨハン王子は王位に興味がありません。兄王太子を尊敬し、支えることが自分の使命と思っておられます。それでもですか？」

ヴィーゲルトが少し眉をあげた。ノアの熱心な語り口に思うところがあったのかもしれない。

「ヨハン王子本人と周辺の者が心からそう思っていても、フリードリヒ王太子の一派は納得しないさ。フリードリヒ王太子はまだ独身で跡継ぎもいない。彼に何かあれば、王座はヨハン王子に転がり込む。邪魔に思うのは無理からぬこと」

しかし、フリードリヒとヨハンは仲のいい兄弟なのだ。ふたりの仲を裂くようなことを周囲がするなんて、国ではなく個の利益に走っているとしか思えない。

「ヨハン王子の護衛班を創設したのは王宮内務であろう。つまり、王太子に近い者たちのすべてがヨハン王子を邪魔に思っているのではない。聡明な兄弟が協力してメルテを、メルテン連邦を導いてくれるのを理想としている者も多くいるはずなのだ。おまえさんにできる仕事は、愚直に自分の職務に励むこと」

「愚直に……」

「忠誠を誓った相手を守り抜くこと。それだけだよ。余計なことは、その聡明なご本人が考えてくださる。ヨハン王子はそういった方だ」

その通りだ、とノアは思った。おそらくノアが考えることくらい、ヨハン本人はわかっている。ヨハンは自身で対処できることはするし、ノアらを動かしたければ命じてくるだろう。

「承知しました。胸に刻みます」

ノアは静かに頷いた。

ヴィーゲルトの居室を辞し、執事に邸宅の玄関まで送ってもらった。しかし、そこで思わぬことが起こった。

ちょうど戸が開き、次の来客が来たのだ。

「あれ、ノア」

そこにいたのはヨハン、その人である。後ろに控えているのは今日の夜間護衛のベンジャミンだ。

ノアは咄嗟に言葉に詰まった。なぜここにいるのか。そして自分はどうしてここにいると言えばいいのか。

するとヨハンが先んじて言った。

「ヴィーゲルト殿の見舞いなんだ。おまえもか？」

「はい。故郷の父の名代です」

「ああ、エストス侯がメルテに遊学時代からヴィーゲルト殿とは懇意だと聞いているよ。そうか。今日のお加減はよろしい様子だったか？」

屈託なく尋ねられ、ノアは必死に狼狽を抑える。

「はい、大変お顔色もよろしく……」

「そうか！　俺にとっては先生なんだ。幼い頃によくこの国について授業してもらった」

答えに窮するノアに手を振り、ヨハンは執事に案内されて奥へ進んでいった。玄関で待機命令のベンジャミンがノアを覗き込んだ。

「ヨハン様とノアが同じ人のお見舞いって。ノアも世が世なら、エストス侯国の王子だったんだもんな。そうしたらヨハン様と同格か」

「ベンジャミン」

名を呼ぶと「ベンジーだってば」と訂正される。どうしても愛称で呼ばせたいのだ。

「ベンジー、ヨハン様の外出は急遽《きゅうきょ》決まったことか?」

「ん? どうだろう。ニコラウスとドミニクの話ぶりだと、今朝の時点では決まっていたっぽいけど」

ノアがここに来るから来たわけではない。自意識過剰かと思いつつ、まだ胸がざわざわする。

ノアの正体を知るヴィーゲルトとヨハンがかなり親しい間柄であるという事実。まさかとは思うが、ノアの正体がヨハンに知られている可能性はないだろうか。

ヨハンのことだ。怪しいと思えば、ヴィーゲルト相手にかまをかけるくらいしているはず。

(女だとバレたら、護衛班にはいられないだろうか)

ノアは唇をかみしめる。

ヨハンのそばにいられなくなったらどうしたらいい。彼の目を見て話す機会も、彼をこの手で守る機会も失われる。気安く話すことはおろか、簡単に会うことすらできなくなる。

あの軽やかで清々《すがすが》しい声がノアの名を呼ぶことはなくなるのだ。

それはこの役目を降ろされること、軍での立場をなくすことへの危機感とは少し違った。不安と焦燥は、ノアの新たに芽生えた感情に根差している。

王子相手に何を考えているのだと自分を律することすら、ノアは忘れてしまっていた。

第六章

ヨハンを狙う者たち

小銃の手入れは、心落ち着く作業である。夕食後のわずかな自由時間、ノアは装備一式を置いてある小部屋で、無心に銃剣の手入れをしていた。物心ついた頃から、エストス領国駐屯のメルテン連邦兵に交じり、城の作業小屋で扱いを覚えてきた。

撃ち方を教えてくれたのも兵士たちだった。父は、ノアに領主に必要な馬術や剣技については教師をつけたが、銃の扱いは不要と考えていた。実際に戦場に出ることなどほとんどなく、あっても馬上で兵士を鼓舞する役目を負うのが領主である。しかし、ノアの銃の扱いを見て、筋の良さをたびたび褒めてくれた。

思えばこの頃からノアは、戦場に出ても戦えるように自身を鍛えていた。エストス領は山を挟んで敵国に接している。いつ侵攻されるかわからない。

銃は扱えなければならないし、銃剣として扱うために槍術《そうじゅつ》も学ばなければならない。格闘になったとき、女の自分の身はどうしても力負けするだろうと、膂力も鍛えたし、体力をつけるために兵士と同等の装備で走り込みをした。

肉体の才能もあったが、努力で兵士になり、騎士の称号を得たと思っている。

二十二歳。肉体はこれから全盛期を迎えるだろう。

女である自分は変えられないが、後れを取る理由にはしたくない。

それゆえに、もしヨハンに女だとバレてこの立場を失ったら、それはノアにとって耐えがたい苦痛である。

誰にも負けぬよう、ここまで励んできた。実際、今も護衛班を勤め上げている。女を理由に遠ざけられてはたまらない。

もし、ヴィーゲルトがノアのことをヨハンに告げたらどうだろう。ヨハンがノアのことをヴィーゲルトに尋ねたらどうだろう。

(私は……ヨハン様を守れなくなる……。そばにいられなくなる……。もうあの方と……)

そう考えて、ノアはハッと手を止めた。今、何を考えていた。

つくづくおかしい。ヨハンがこちらを構ってくるせいだ。自分のペースがつかめないから、こんなおかしなことを考えてしまう。

(いや、悪い想像はしなくていいかもしれない)

あの日から三日経っているが、ヨハンに呼び出されるようなことはなかった。議会は続いていて、説明と質疑応答を一手に担うヨハンは毎日忙しそうである。

考えてみれば、ヴィーゲルト自らがノアの出自について軽々しくヨハンに言うとは考えづらい。ノアの性別変更は、メルテへの背信ととらえられてもおかしくないのだ。

(少し慌てすぎたな)

「ノアさん」

背後から声をかけられ、ノアは振り向いた。離宮内とはいえ、背後に接近を許すまで気づかないとは。

そこにいたのはオスカーだ。

「あの、メイドたちが菓子をくれました。ヨハン様にお出しするものの試作品だそうです」

「私はいい。皆で食べてくれ」

「あ、甘いものはお嫌いでしたか?」

小銃に視線を戻していたノアは、再びオスカーを見やる。

「気にしなくていいぞ」

「嫌いでなければ、ノアさんの分を取っておきますよ。後で召し上がればいいじゃないですか。すごく美味しそうでしたよ」

「女は甘いものが好きだと思っているか？」

そう口にして、ハッとした。我ながら卑屈な物言いをしてしまった。らしくもなく、余計なことを考えていたせいだ。

「すまない。忘れてくれ」

「ええと、俺はノアさんを女性としては考えていません」

オスカーが慌てた様子で答えた。

「先輩だと思っています。なので、ジェイデンさんにも菓子を断られましたが、同じことを言いましたよ。そうしたらベンジーさんが食べるって言うんで……」

屈託ない笑顔は、年より幼く見える。身体は大きいがノアよりふたつ年下だ。

「いや、本当にすまない。おまえが差別しているなどと思っていないのに、つい、な」

「ノアさん、ご苦労もありましたよね。でも、ここにいる限り、オレもカイさんと一緒にサポートしますので、頼ってもらえたら嬉しいです」

ノアは銃を置き、オスカーをまじまじと見つめる。擦れていないというか、なんというか。

オスカーは商家の三男で、実家を追い出されるように入隊していたはずだ。

「オスカーこそ苦労してここにいるだろうに。そんなに他人に優しくしていると、割を食うぞ」

「え、オレはたいして苦労もしてませんって。士官学校時代は嫌がらせもされましたけど、まあこんなものかなあって思ってました。今のこの役目だって、家族は喜んでくれてます。オレの心配をするより、我が家の名誉だって言うあたり、現金というかちょっと寂しいというかなんですが」

「根が素直なんだな。羨ましいよ」

オスカーは照れくさそうにしている。やはり素直だ。部下たちを見てきて思うが、素直さは兵士にとって美徳だ。考えるより先に、最適の方法で身体が動く。そういった瞬時の選択が必要な場面が多いからである。オスカーもまた、若いが気質と適性を買われてここにいるのだろう。

「オレ、ノアさんのこと、尊敬してます。いつも判断が的確だし、身のこなしも素早くて」

「小兵は頭と動きでカバーするしかないだけだ」

「アドラー前線での活躍も聞いてます。先輩として尊敬してるんです」

オスカーは熱心な瞳で言う。

「でも、女性としてのあなたも素敵でした」

ノアは返答に詰まった。オスカーの意図がわからなかったからだ。

「女として扱わないと言ったばかりで何をと思われるかもしれませんが、これは本当にオレ個人の感想っていうか……伝えたいなって思ったことでして」

「あの女装の話をしているのか？　あんな格好……」

「綺麗でした！　それだけです！」

オスカーは言い切り、がばっと立ち上がる。

「菓子、サロンにありますので！」

そう言って小部屋を出ていくオスカーの耳が赤くなっているのが見えた。

「褒められても……な」

自分では見られたものじゃないと思っていた女の姿。ヨハンは褒めてくれた。オスカーも綺麗だと言ってくれた。

嬉しくない、とは言えない。

ただ、嬉しいと口に出す機会はないだろうとノアは思った。


翌日である。議会での説明が午後からであるため、ヨハンは行政府の政策長官室にこもり、溜まった仕事を片づけていた。改正法案以外にもヨハンが手掛け、チェックをしなければいけない仕事は山のようにある。王宮に戻っても遅くまで仕事をしているのを護衛班の面々も知っていた。

政策長官室横の控室には、ノアの他にドミニクとジェイデン、ベンジャミンがいた。オスカーは執務室前に立っている。カイは先に議会に行き、現地警備の兵士たちの配置確認や出迎えの準備をしていた。本来は昨晩の夜間警備をしていたジェイデンが休みの予定だが、近衛兵の警備数が足りず、ジェイデンは午前中だけ護衛についていた。午後は休む予定だが、こういった予定変更は割合よくあり、休日がなくなるのも普通である。

ノアらは少し早いが昼食にしていた。ハムとチーズを挟んだだけの簡素なサンドイッチと紅茶である。オスカーと交代しようと、ノアは急いで食べていた。

「順調にいけば、来週には法改正の表決。当初の予定より早かったんじゃない」

ジェイデンが紅茶をすすりながら言う。実際、護衛班が設立されてからひと月と少しだ。予定より半月ほど早い。

ドミニクが頷いた。

「ああ、ヨハン様を支持する議員も増えている。スムーズに決まるといいな」

「あちこちパーティーだ会食だって遊びまわってるなと思ってたけど、全部根回しだったんだものね。なんだかんだ言って、できる男ってわけだ。第二王子様は」

ジェイデンは皮肉げに言って、肩をすくめた。王太子の従士でなければ出世の目がないと文句を言っていたジェイデンも、ヨハンが職務を推し進めていく姿勢は認めているようだ。

「いっそう気を引き締めなければならない時期だ」

ノアがぽつりと言うと、ベンジャミンが明るい声をあげた。

「なあ、法案が可決したらヨハン様が宴会をしようって言ってたぜ。楽しみだよなあ」

「なんだそれ。離宮でするのか?」

ジェイデンが顔をしかめて尋ねる。どうやら、ベンジャミンとヨハンの間で進んでいる計画のようだ。

「ベンジー、それはヨハン様の発案か？　おまえがおねだりしたんじゃないだろうなあ」

ドミニクが呆れた笑顔で言うが、ベンジャミンはいっそう楽しそうに答える。

「ヨハン様の発案だって。離宮の使用人も一緒に、ヨハン様に仕えるみんなで楽しもうってさ。それから、護衛班六人とヨハン様で、ニコラウスには内緒で城下に出て酒を飲もうって。ぱーっとさ」

「おいおいおい」

ドミニクがさすがに困った声をあげた。ノアは最初に会ったヨハンを思い出す。ヨハンは城下歩きが好きだ。おそらく、今回の暗殺の危機を逃れたら以前と同じように過ごしたいに決まっている。

根が遊び人だから困ったものだと、ノアは小さく嘆息した。

「あれ、ノアはそういうのは嫌か？」

ベンジャミンが間近く顔を覗き込んでくる。普段から相手との距離感が近いのだ。ノアもだいぶ慣れているので、そのままの距離で答えた。

「行かない」

「なんで？」

「女が給仕するような店は好かない」

なぜかドミニクとジェイデンがしんと黙った。ベンジャミンがぱっと自分の口元を押さえるので、同僚の意味不明な反応に眉をひそめたのはノアの方だった。

「ベンジー、なんだ。その態度は」

「いやさ、うん。ヨハン様がそういうところに行くかなあっていったら」

「行かないよ。っていうか、以前それを否定したのはノアでしょ」

ベンジャミンの後を引き取ったのはジェイデンだ。女が給仕する店はただの酒場も多いが、そのまま連れて部屋に入れる娼館まがいのところも多い。

ノアは眉間にしわを寄せ、言う。

「ヨハン様を愚弄しているつもりはない。ただ……我らも含めて今は禁欲的な生活だ。ぱーっと遊ぶというならそういうことかと……」

ベンジャミンは笑みをこらえているようだった。頬がぷるぷると震え、それからにやーっと口元が緩む。ノアはいっそうわけがわからない。

「いや〜、俺たちはそれでもいいけど。……ヨハン様はきっとしないよ。うん。普通にみんな仲良く酒を飲みたいんでしょ。友だちみたいに」

「はあ、そうか……」

首をかしげるノアの向こうで、ジェイデンがドミニクにぼそっと言う。

「ドミニク、ノアは思いのほか鈍いよ」

「ジェイデン、やめておけ」

ベンジャミンがふたりのやりとりをかき消すように言った。

「ともかく、みんなでうまい酒を飲めるように、ヨハン様をお守りしようぜ！」

ご機嫌なベンジャミンに何かはぐらかされたような気もしつつ、ノアは頷くのだった。

急いで食事を済ませ、廊下に出るとオスカーとバトンタッチだ。

「交代だ。私は先に食事をいただいた。オスカー、おまえも食べておけ」

「あ、ノアさん、ありがとうございます」

それまできりりと表情を引き締め、背筋を伸ばして立っていたオスカーが、ノアを見ていっぺんに無邪気な顔になる。以前からオスカーについては、よくなついた犬のように感じることがある。尻尾すら見えそうである。「オスカー、ちょっとかがめ」

オスカーが理解しないまま腰をかがめるが、ノアの手は頭まで届かない。護衛班一の長身はまだまだ成長中で、このひと月でも伸びた気がする。ノアは軍服の鎖骨あたりをつかみ、オスカーの顔を近くに引き寄せた。

「ノ、ノアさん！」

「じっとしておけ」手を伸ばしたノアは、オスカーの頭のてっぺんについていた枯れ葉の欠片《かけら》を取った。行政府庁舎前の木をかすめたときにくっついたのだろう。

「取れた。ポプラかな」

「あ、あは。枯れ葉でしたか」

オスカーは赤い頬で視線をさまよわせている。ノアの手から枯れ葉の欠片を取ると、ポケットにぐいと押し込んだ。小さな欠片はポケットの中でくしゃくしゃに割れてしまっているだろう。

「お恥ずかしいところをお見せしました。オレ、今度からもう少し首をすくめて歩きます。あははは」

「馬鹿を言うな。騎士たるもの背筋を伸ばせ。ヨハン様の従士が猫背では格好がつかないだろう」

ノアは生真面目に注意してから、少しだけ微笑んで付け足した。

「オスカーの身体は天賦の才だ。望んで手に入るものではないのだから堂々としていろ。私はたくましいおまえが羨ましいくらいだ」

見る間に額や首まで赤くなり、オスカーは黙り込んだ。照れているようで、その素直な反応にオスカーがまだ二十歳になったばかりなのだと実感する。マルティンがもう少し成長したら、こんな感じだろうか。すると、ようやくオスカーが小さな声でつぶやいた。

「ノアさん、オレ……なんていうか、期待してしまいそうです……」

「なんだ？」

よく聞こえず聞き返すと、オスカーが首を左右にぶんぶんと振った。そのまま勢いよく頭を下げる。

「いえ！　なんでもありません！　交代よろしくお願いします！」

隣の部屋に向かってぎくしゃく歩いていくオスカーを見送り、ノアは執務室のドアの前に立った。そう時間はかからず出発だ。オスカーが昼食を食べる暇があればいいのだが。


その後、議会での質疑応答は長時間に及んだ。帰路の馬車ではさすがにヨハンもくたびれていたようだとドミニクが言っていた。

王宮に帰り着き、護衛班が離宮のサロンに戻ったときに一報が入った。

「城下で火事？」

「ああ、西地区から中央地区の広い範囲で火事だそうだ。放火ではないようだし、他にトラブルがあったようでもない。ただ城下の駐屯兵だけでなく近衛兵まで駆り出されて避難誘導や消火活動に追われている」

ドミニクが説明しているところに、ヨハンが無造作に入ってきた。

「もう聞いてるね。火事で王宮の一部を避難場所として開放することになった。俺も指揮を執りたいところだけど、暗殺犯に狙われてる残念な存在だからさ。離宮から出るなってお達しなんだよね」

「当然です。ヨハン様はこちらへ。今日の夜間警備はノアが務めますので、お部屋で話し相手にでもしておいてください」

ドミニクの言葉にヨハンがぱっと明るい顔になる。

「あ、今日はノアか」

ノアは何やらものすごく居心地悪い気分になった。自分がそばにいることをヨハンが喜んでいるという状況がいたたまれない。それが猛烈な恥ずかしさであるとわかっているのだが認めたくない。

「我々も今夜は応援で呼ばれるかもしれません。何かありましたらノアに。……ノア、判断はおまえに任せる」

「了解した」

妙な気分を抑えて、ノアは答えた。冷静な表情と態度は作れているつもりだ。


その後ドミニクの言う通り、空いている者はとお呼びがかかりノア以外の全員が警護から離れることになってしまった。離宮の周囲は常に兵士が警備しているが、ヨハンの周囲にはノアしかいないことになる。身元を調べる間もなく避難市民が、王宮内に入り込むのはあまりいい状況ではない。

「恐れ入りますが、お耳に入れておきたいことがございます」

ヨハンの執務室にふたりになり、ノアは切り出した。ヨハンとふたりになるタイミングで話そうと思っていたことだ。

「先日軍本部の元上長に呼び出されました。ヨハン様のロラント行きが露見しているようです」

「ロラントから帰ってきてすぐ？」

「はい。ヨハン様が見舞いに来てくださった日の晩です」

ヨハンの目の色が変わった。

「黙っていたというのは、王宮内務の不信を俺に伝えたくなかったのかな」

ふ、と息をつめ、それからヨハンは微笑んだ。

「なるほど、俺自身がバルテールと繋がっているという誤情報を王宮にもたらしたヤツがいるってことか。ますます王宮内も安全じゃないなあ」

そう言うとすっくと立ち上がった。寝室に行き、シーツや毛布を手に戻ってくる。

「それなら、今夜は離宮を出よう」

「ヨハン様、あまり勝手なことは」

「この離宮の守りも手薄なら、俺が雲隠れした方がいいって。大丈夫、王宮内で俺しか知らない場所がある」

そう言って荷物をまとめると、ノアに手招きする。

「おいで」

「ヨハン様」

これ以上言っても言うことを聞かなそうなので、ノアはしぶしぶヨハンの荷物を受け取り後に続いた。

ノアたちの私室のある二階の廊下の奥、窓から雨どいをつたってするすると下りたヨハンは暗い森に向かって歩いていってしまう。

「いつもこうやって城下へ抜けられるのですか？」

追いすがって尋ねると、どこか得意げな顔でヨハンが答える。

「部屋から出るのはね。城下へは別の抜け道があるんだな。ちなみにこれから向かうのは俺の子どもの頃の秘密基地」

王宮の広い敷地内には美しい庭園はもちろん、農場やブドウ畑もあり森も丘もある。すべて管理された土地だが、目の前に広がる森はうっそうと茂っていた。

暗い森の小路を進む。葉と葉の間の空が妙に明るいのは、城下の火事のせいだろう。風が変わるとわずかに煤の臭いがした。

それなりに歩いて到着したのは、森の奥の水車小屋だった。もう使われていない古くて小さな木造の小屋だ。水車はすっかり止まっているし、水の気配もない。

「ここですか？」

「ああ。ぼろくて最高だろ」

そう言うとヨハンは小屋の戸を開ける。自身の手に持っていたランプを壁にかけ、小屋の奥のランプにも火を移す。小屋の中は干し草がたっぷり敷き詰められていた。

「小さい頃、兄との遊び場だったんだ。とはいえ、兄とは七つ離れているから、兄が俺と遊んでくれたんだけどね」

ヨハンはノアの手からシーツを受け取ると干し草の上にばさりと敷く。かけ布団を二枚置き、簡易ベッドの完成というわけだ。

「そしてこれ」

そう言ってヨハンはノアの手の中のかごからワインとビスケットを取り出した。

「のんきですね」

「離宮の守りが薄くなるから、避難してるんでしょうが～」

若干呆れた口調で言うノアに、ヨハンが心外だとばかりに言い訳をする。それから、ふたつのグラスにワインを注ぎ、強引にノアの前に置いた。

「酒は飲みません。職務中ですので」

「そう言うと思った。実はこれ、ブドウのジュース」

ヨハンが言うので、おそるおそる唇に赤い液体を乗せてみる。確かにアルコールを一切感じない味だ。

「ああ、本当ですね」

「酔わせてどうこうしようとは思ってませーん」

ヨハンの言葉にノアはびくりと肩を震わせてしまった。そうだ。ヨハンに意味深なことを言われ続けているのだ。意図せずふたりきりになってしまっている。ここにはカイもオスカーもいない。

ヨハンがごろりと干し草のベッドに寝転がり、ノアの心臓は跳ねた。隣に座るんじゃなかった。

「ノアはこういう秘密基地、なかった？」

無邪気に尋ねられ、ノアは内心の狼狽を隠しながら答える。

「秘密基地とは違いますが、厩舎《きゅうしゃ》にはカイとふたりでよく出入りしていました。大人の分も馬の世話をさせてもらうんです。あとは、作業小屋……。銃や武具の整備をする部屋が好きで、カイとよく行っていました」

「全部、カイと一緒なんだから、妬《や》けるよ」

そううそぶいてヨハンは続けて尋ねる。

「銃の扱いはそこでひととおり覚えたのか？」

「撃ち方は、兵士たちが教えてくれました。整備は個人的な興味です。落ち着くので」

「それは、俺もわかる。好きこそものの上手なれってやつか。……剣も馬も好きなんだろうな」

「人並程度にできるだけですが、好きだと思います。ただ、格闘などは士官学校に入ってから習いました。上背がない分、膂力が足りず苦労しましたよ」

するとと、ヨハンがノアの肩を押した。そのまま、干し草のベッドに押し倒し、覆いかぶさってくる。

しかし、ノアは意外にも困惑も胸の高鳴りも覚えなかった。ヨハンの行動に欲も何も見えなかったからだ。

「俺がこうしたら、ノアは勝てない？」

顔を近づけ、ささやくヨハン。

「いえ」

ノアは自身の顔の横にあるヨハンの手首をつかんだ。親指をつかんで腕を浮かせると、くるんと反転させて、あべこべにヨハンを干し草に押し倒す。

本当は腹や急所を蹴り上げてどかすのだか、ヨハン相手なのでこのやり方にした。

「甘く見てくださいますな」

見下ろしてささやき返し、すぐに「ご無礼をいたしました」と退く。ヨハンがのろのろと身体を起こし、は～とため息をついた。

「かっこよ〜！　ノア！　それ、女子にも男子にもやっちゃダメだよ。みんな恋に落ちちゃうから！」

誰がやるかとノアは嘆息する。ふざけているヨハンはタチが悪い。

「うん、ノアの方が腕力あるわ。納得」

「ヨハン様を守るための力です。ただもう少し、自分の身体が大きければと思わない日はありません」

「ノアが大きくても俺は好きだけどね。このくらいがちょうどいいよ。キスがしやすくて」

そう言って、ヨハンがノアの腕を引いた。顔を近づけられ、咄嗟にノアは腕で防ぐ。

今度のヨハンの行動にははっきりとした意思があったのだ。心拍数がいっきに上がる。

「お戯れはおやめくださいと何度も申しておりますが」

「お戯れじゃないって、何度言ったらわかってくれるかなあ」

ヨハンは明るく笑って、それからそっと手を伸ばしてきた。表情にうかがうような微苦笑が浮かんでいる。

長く形のいい指がノアの髪に触れた。

「性欲のはけ口に使いたいわけじゃない。それは誤解しないでほしいんだ。ノアは俺と同じものを見ようとしてくれている。それが心地いい」

「買いかぶりです」

「エストス領主になるべく教育されたせいもあるだろう。ノアは視点が為政者なんだ。ノアが隣に並んで立ってくれたら、俺は百人力なんだけど」

「私は……違う……。あなたを守るために存在しています」

そう、隣にいる人間にはなれない。それは、彼の伴侶となる人の仕事だ。彼の歩む道に理解を示し、彼を支えられるのは生涯の伴侶。

「ノア」

「やめましょう」

強引に会話を打ち切ったことはわかっていた。しかし、ふたりきりでこんな空気のまま向かい合っていたくない。

「我儘《わがまま》かもしれません。でも、私は私でいたいのです。私は騎士です」

「……そうか」

ヨハンは干し草に寝転がり、しばし黙った。ノアは立ち上がる。

「外を見てきます」

水車小屋を出て、冷たい夜風を浴びた。苦しい。こんな気持ちでいたくない。職務に邁進するつもりでこの役目を負ったのに、このままでは務められない。

いや、弱音を吐いてどうするのだ。

立ち止まるためにここにいるわけではない。惑うのは弱さだ。自分の立場を思い出せ。

数分とおかずにノアは水車小屋に戻った。ヨハンは天井を眺めていた。まだ眠ってはいない。

「ノア、さっきの件。軍が俺のロラント行きを知っていたってやつ」

ヨハンに先ほどまでの雰囲気はない。一定の距離を取ってくれることに感謝しながら、ノアは近くに腰かけた。

「軍があなたの動向を探っているのは間違いないです。軍が単独で動くのは考えづらいですが、それが本当に王宮内務の指示なのか疑わしく」

「ノアの考えはいい線をいってる。王宮内務じゃないかもしれない。たとえば兄の側近ね」

「フリードリヒ王太子の側近……」

ヴィーゲルトの話していたことと重なる。王太子の周辺の人間がヨハンを邪魔に思っての行動だとしたら。

「とはいえ、連中もさすがに俺をわざわざ殺そうとは思っていない。ロラントの短剣事件も、連中の手際だとしたらどんくさすぎる」

ヨハンは静かに微笑み、言う。

「おそらく、こういうこと。俺を殺したい連中が、兄の側近らに嘘の情報を流した。兄の側近連中は軍の一部を使って、俺を探り出す。俺を殺したい連中は、俺の目を兄一派に向けたいからわざとらしい襲撃をする」

「しかし……それでは暗殺を狙う輩には無駄な手間ではないでしょうか」

「連中の狙いは俺が政治の表舞台から消えること。それが兄の側近一派と利害一致している。もう暗殺は本懐じゃないかもしれない」

「それなら……」

警戒の仕方が変わってくる。物理の危険より、裏でうごめく陰謀を暴くことこそが敵を追い詰める行動になるのではなかろうか。

もっと言えば、それができなければヨハンの立場が危うい。

「大丈夫」

ヨハンは思いのほか明るく言った。

「俺がバルテール帝国と繋がってるなんてとんでも情報を誰が信じるんだよ。ロラント領国には行ったけれど、それすなわちバルテールとの繋がりだなんて、ロラント側からは口が裂けても言えないだろ」

ロラント領国とバルテールの繋がりが公でない以上、ヨハンの行動は証拠にならない。しかし、それだけで済むだろうか。

「俺に敵意がある連中がこぞって証拠を捏造《ねつぞう》しているうちに、貿易関税法の改正を通す。法案が通り次第、ロラントには査察団を送る。ロラントとバルテールの繋がりが露見すれば、ロラント領は接収。麻薬の浄化ができ、俺の暗殺を企《たくら》む連中も一網打尽にできるって寸法」

「王太子の側近はどうするのですか。フリードリヒ様にお話しされ、処分を願い出てはいかがでしょう」

「連中の排斥は難しいだろうね。でも、あいつらは俺が親父と兄に忠誠を誓っているうちは、表立って攻撃ができない。俺の背信の証拠が嘘と知れれば、手を引かざるを得ない」

根本解決にならないのではと渋い顔になるノアに、ヨハンが笑った。

「どっちみち、フリードリヒ兄さんに跡継ぎができれば、連中の俺への敵意は薄まるよ。王位継承権の順位が変わるからね。兄さん、早いところ嫁さんをもらってくれないかなあ」

「フリードリヒ様はご結婚の予定はないのですか？」

「縁談はいくつもあるけど、あちこち利害関係を考えながらってとこだね。ほら、子が生まれて外祖父が力を持つのはあるあるだからさ」

ヨハンは意味深ににやっと笑う。

「なお、俺は誰を選んでも問題ありません。結婚しなくてもＯＫ」

「はあ」

「反応うっす！」

叫んでヨハンは干し草にばたりと倒れた。またふざけている、と思いながらノアはこの男がどれほどの場所に立っているかを考えた。

幼い頃から、こういった権謀術数の渦の中で生きてきたのだろう。そこで自分の役目を見失わないできた。

「私は……あなたを守ります。どんな危険からも」

それはノアの心からの言葉だった。ヨハンの望みには応えられない。しかし、この尊敬すべき主を守ることこそが、今の自分のなすべきこと。

「ありがとう……」

ヨハンは干し草から少しだけ顔をあげてささやいた。それからまたぼすんと音を立てて、干し草に顔を突っ込む。

「あー、もう。せっかく色々我慢してるのに。そういう顔見せられたらなあ！」

「お気に障るようでしたら、朝まで外で小屋を守ります」

「寒いから！　風邪ひいちゃうでしょ」

エストスほどではないが、メルテもこの時期の夜は冷える。とはいえ、頑健な兵士に何をと思っていたら、ヨハンがむっくりと大きな体躯《たいく》を起こした。

「ちょっと相談」

「はい？」

「下心なしで聞いてほしいんだけど」

「その言葉がもう信用できませんが」

ノアの鋭い切り返しにめげず、ヨハンが真剣な顔でノアに言った。

「この小屋、冷えないか？　ちょっと……まあその、温め係をしてくれないかと」

「温め係ですか？」

「はい、ここに来て」

ヨハンが腕を広げている。それは抱擁をしたいという意味である。ノアは狼狽し、視線をさまよわせた。動揺で鼓動が速くなる。

「胸甲をつけておりますので、温かくはありません」

「人体はあったかいの！」

「このようなことは困ると申しました！」

「好きなヤツと一緒にいて、精一杯我慢してる俺に、ちょっとは優しくして！」

好きなヤツ……、ノアはとうとう言葉を失った。全身が赤くほてっている気がする。

はっきりと言葉にされてしまった。

「絶対何もしないから！」

はい！と腕を広げて待っているヨハン。ノアは困惑と混乱でどうしたらいいものか考え抜いた。

そして最後は主の命令を聞くという臣下の判断を取った。

膝をついておずおずとヨハンの腕の中に入ると、身体を反転させられ、背中から抱きしめられた。

「うん、あったかい」

ヨハンの声が耳元で響く。ロラントの夜が思い出される。

「このようなことは、これきりでお願いします」

「いい匂いがする」

「感想はやめていただけますか？」

夜は更けていた。今更だが朝までここで過ごして、ヨハンが行方不明だと騒がれないだろうか。

ランプの光に照らされた水車小屋は居心地がよく、苦しいほどに心臓が鳴り響いていることをのぞけば、不思議な安らぎに満ちていた。

ヨハンはそれ以上のことはしなかった。抱擁はわずかな時間で、やがてヨハンはノアを解放した。

「ありがと。じゃあ、俺は休ませてもらうわ」

「……はい。おやすみなさいませ」

干し草のベッドにごろりと転がるヨハンを見つめ、ノアは低くささやいた。

身体にはまだヨハンの温度が残っている。吐息の感触が、香りが残っている。

明け方、鐘の音が聞こえた。王宮の礼拝堂と城下の教会がそれぞれ鳴らしているようだ。鎮火を知らせるものだろう。

鐘の音でヨハンは身じろぎをした。いつも遅くまで仕事をしているのは見守っているが、もともと睡眠時間は短いようだ。頭を掻いて、起き上がるのが見えた。

「おはよう。見張り、ありがとう」

「おはようございます。鐘の音で起きられましたか」

「ああ。ちょうどいいから戻ろう。ドミニクたちに心配をかける」

まだ夜も明けきらぬ中、水車小屋を出た。ヨハンの子ども時代の思い出の場所。連れて来てもらえたのは特別と思ってもいいだろうか。

「空が白み始めた。空気はまだけむたい感じがあるな」

「被害状況が心配です。復興の指揮を執るのはあなたではないのですか」

「まあ、俺がやると思うよ。政策長官なんて肩書は、庶務雑務係って意味だからね」

そう卑下して見せるヨハンは、むしろ誇らしそうだった。

ノアは理解している。

この人はメルテが好きなのだ。メルテン連邦を守りたいのだ。

そのために持てる能力を惜しみなく使うのだろう。自分の危険も顧みず。

「ご無理なさいませんよう。法案の表決は目前です」

「心配してくれるのか」

「あなたの助けを待つ民は多くいるでしょう。あなたが倒れたら、メルテン連邦の未来は変わってしまう」

ヨハンは微笑み、それから少し腰をかがめ、ノアの耳元でささやいた。

「優しいことを言うなよ。やっぱりゆうべ、もう少し強引に迫っておくべきだったたって後悔してしまう」

ノアはぐっと息をつめた。当惑していたし、恥ずかしさを覚えた。これほど直接的な言葉を浴び続け、誤解とも気のせいとももう言えない。

どういった種類の感情かわからないが、ヨハンは……この国を担う第二王子は、護衛の騎士を特別に見ている。おそらくは恋愛対象として。

（やはり男色なのか……）

兵士たちの中にもいたし、偏見はない。しかし、ヨハンは男として、男のノアに好意を示している。

（女の私では……）

そう考えると胸がぎゅっと痛んだ。それからすぐに何を考えているのかと首を振った。どちらにしろ、応えていい立場になどないのに。それからヨハンの一歩先に進み出た。

「参りましょう。ヨハン様」

「また、流された～」

ヨハンは明るく笑っていた。

離宮に戻り玄関から中に入ると、フロアにはちょうど戻って来たばかりの護衛班五名がいた。

「ヨハン様！」

「なぜ、こちらに？」

ドミニクとジェイデンが最初にふたりを見つけて声をあげた。

消火を手伝っていたらしいオスカーだけ、鼻先や腕に煤が飛んでいる。他のメンバーは煤汚れこそなかったが、軍服はよれ、表情には疲労が見えた。

「護衛班のほとんどがいないから、離宮を狙われたらまずいかなあって。王宮内の俺しか知らないところで休んでた」

ヨハンはぬけぬけと言い、ノアに「な？」と相槌《あいづち》を促す。ノアはこくりと頷いた。

「お～!?　ヨハン様とノア、おふたりで？　どちらへ？」

ベンジャミンが声をあげ、ジェイデンが「よせ」と小声で制する。ヨハンはにっこり笑い、ベンジャミンに答える。

「場所は内緒。ノアは一晩中、俺を守ってくれていたよ。ふたりきりでじっくりと話せたし、楽しかった」

非常に素直な会話だが、意味深にもとれる。ノアはいたたまれない気持ちになっていた。ヨハンとふたりきりでいたことを、どうやらベンジャミンには何か疑われているようだ。もしかすると、護衛班のメンバーの多くが自分とヨハンに違った結びつきがあると疑っているのではなかろうか。

そんなふうには思われたくない。

ノアは必死の無表情ですげなく言う。

「お仕事の話しかしておりませんが」

「……だ、そうで～す。つれないね、ノアは」

「ノアがついていれば安心ですが、……所在不明になるのはご勘弁ください」

ドミニクが進み出て、ヨハンを私室に促す。

「ああ、気を付けるよ。じゃあ、みんな少しの時間だけど休んで。いつも通りの時間に出発だからさ」

ヨハンは屈託なく言ってドミニクに連れられ、去っていった。

ヨハンの姿が見えなくなったところで、いきなりノアの手首をつかんだのはカイだ。血相を変えたその様子に、ジェイデンが「保護者登場」とぼそりと言った。

カイはぐいぐいと玄関ホールの隅にノアを引っ張っていき、両肩をつかんで向き合う姿勢を取った。

「何かあったか？」

「異常なしだ」

「何かあっただろ、その顔は！」

「何もないと言っているだろうが！」

カイの形相にノアはつられて声を荒らげた。カイにも疑われている現状と、まったく何もなかったわけではない事実からである。

「ヨハン様のおまえへの好意はあからさまだろうが。それで、おまえ……、ふたりきりで離宮を離れて……絶対何かあっただろ！」

さすがにジェイデンらに聞こえないように、声は潜めているが、顔はうるさいままだ。

「ない！　……というか、カイは応援するとか言っていなかったか？　……いや、本当に何もないが」

「キスやそれ以上は……！　一度俺を通してもらわないと……！」

「どこの誰目線だ、それは！」

ノアは勢いよく怒鳴り返し、カイの腕を振り払った。メンバーを置き去りに自室にずんずんと歩いていく。頬は相変わらず熱いままだった。

第七章
隣で同じものを見てほしい

寒い風の吹く晩だ。晩秋にさしかかり、色づいた樹木の葉は落ち始めていた。ヨハンと護衛班がともに過ごすようになりひと月半。

明日、ヨハンが原案を作成した貿易関税法改正案の表決がとられる。

ノアら護衛班の役目が終わるわけではないが、まずはひと区切りとなるだろう。

何事もなくその瞬間を迎えられればいいとヨハンの周囲の者は皆思っているはずだ。

ヨハン本人はこの日、行政府近くの高級料亭でドーレス議員と会食をしていた。ドーレス邸前での暗殺未遂事件からひと月が経つ。議会などでは顔を合わせるが、こうして会って話す機会もひと月ぶりということになる。

「ドーレス殿、お忙しいところ、今日はありがとうございます。先日はお招きいただいたのに、ろくにお話しもできず申し訳ないと思っていました」

ヨハンは目の前の年かさの議員に親しみのこもった笑顔を見せる。ヨハンの後ろにはノアとオスカーが控えていた。会食などは個室の外で待つことが多かったが、昨今の状況から護衛班も同室にいるようにしている。

「いやいや、あのときはこちらも何もできず。あなたを狙う連中はなんておぞましいのでしょう。ヨハン様の大義を何もわかっていない」

ドーレスはひげ面の小柄な中年である。人のよさそうな顔を、悲憤にゆがめ言うのだ。

「ヨハン様に何かあれば、メルテの、メルテン連邦の損失。私は心配しております。その後、危険な目には遭われていませんか?」

「優秀な騎士を何人もつけてもらっています。おかげ様でどうにか明日を迎えられそうですよ」

ヨハンはドーレスに紹介するように背後のノアらを差した。ノアとオスカーは敬礼をして見せる。

「ドーレス殿には本当に感謝しています。法案の後押しもそうですが、市民団体や地方貴族と懇談の場を作ってくれた。あなたの人脈のおかげで、改正案は多くの賛同を得ることができました。明日の可決はほぼ間違いないでしょう」

「すべてはヨハン様のご尽力のおかげですよ。人の心を動かすのは誠意です。ヨハン様の真心が平民や地方の有力者にまで届いただけのこと」

「ただ一点不安なことがありましてね」

ヨハンは食事の手を止め、思案げに視線をそらす。

「私の命を狙う者がロラント領の生まれである可能性が出てきました。先日獄中死した暴漢はロラント出身かもしれないのです」

「そうなのですか？」

ドーレスが驚いた顔で聞き返す。公になっていない情報だ。

「噂ではロラント領内ではバルテールとの密輸入品が多くあるとか。そうなると、ロラント領の者が貿易関税法の改正を嫌がり、私を亡きものにしようと動くのは頷ける」

「まさか……バルテールとの最前線、ロラントで裏切り行為が横行しているというのですか」

「ええ、そうです。ロラント侯が何も知らないということはあり得ないでしょうね。しかも」

ヨハンは眉をひそめ、いささか芝居がかった様子で言う。

「それら暴漢を手引きしたり、王宮にデマをもたらす協力者がメルテ内にいるようなんです」

ドーレスがいっそう驚いた顔をする。食事の手は完全に止まり、ナイフを置いた手でしきりに口ひげをなぞり始めた。

「そのような恐ろしい裏切り者が……！　どこの誰かわかっておられるのですか？」

ヨハンは意味深にため息をつき、「おおむね」とつぶやいた。

「……ヨハン様、なぜ、そのような大事なことを私にお教えくださるのでしょう？」

ドーレスがどこか怯《おび》えた口調で尋ねると、ヨハンはぱっと顔をあげ、慈愛に満ちた笑顔を作った。

「ドーレス殿を信頼しているからに決まっているではないですか！」

ノアはヨハンのわざとらしいほどにさわやかな様子を見つめる。さながらここは劇場だ。

「ドーレス殿のお父上と我が祖父王の仲違いによって、ドーレス家は冷遇されてきた。それでもあなたは我がメルテ王家に仕え、忠誠を示し続けてくれたではないですか」

「ヨハン様……私は……」

「今回の法改正についても、感謝ばかりです。あなたに何かお困りごとがあれば、ヨハン・レオナルト・メルテは必ずや力になるでしょう」

ヨハンは手を差し出す。おずおずと差し出されたドーレスの手を握り、固く握手する。

「信頼とはそういうことです」

最初の明るく人のよさそうな様子はどこへやら、それからのドーレスは料亭を後にするまで沈鬱な表情であった。


会食から戻ると、ヨハンは自室ではなくサロンのソファにどっかりと座った。現在知りえている情報は、護衛班とニコラウスも共有済みである。先ほどの会食の状況は、まだノアとオスカーしか知らない。

ニコラウスがメイドとともにお茶と菓子を持ってきた。護衛班の食事は今用意しているそうだ。

「は～、俺も焼き菓子食べようかな。そこのトルテ取って」

ヨハンがそう言う前に、オスカーがヨハンの前に紅茶と菓子を置いていた。

「会食では食べた気がしないですかね。ヨハン様の分も夕食を用意させましょうか」

ドミニクが尋ねるがヨハンは首を振る。腹はいっぱいの様子だが、疲れから甘いものが食べたいのだろう。

「スパイスクッキー、また焼きましょうか」

ジェイデンが軽い口調で言うと、ヨハンは頷いた。

「明日の表決が終わったら頼むわ。ジェイデンとカイのクッキー、結構美味しかったから」

「片がついたら、宴ですよね。ヨハン様」

ベンジャミンが思い出したかのように明るい声をあげ、ヨハンは菓子を頬張《ほおば》りながらうんうんと頷く。

そういえばそんなことを言っていたなとノアも思う。片がついたら……、それは法案が可決したらだろうか。しかし、ロラント領国での脅威がなくなるまでは軽率なことはできないだろう。ヨハンはただちにロラントへの査察を送るに違いない。宴などと言っている場合ではないのだ。

そもそも、先ほどの会食自体が不穏だった。

「ヨハン様」

ノアは口を開く。

「ドーレス議員を疑っておいでですか？」

菓子をごくんと飲み込み、紅茶もごくごくと飲んでしまうと、ヨハンはノアを見た。オスカーがおかわりの紅茶を注ぐ。

「ドーレス本人にも言ったが、ロラント側の協力者は必ずメルテにいる。俺たちのロラント行きなどが漏れていたのも、そいつがリークしたからだ。さらにそいつが、王太子側近一派と、ロラント侯との仲を取り持った可能性が高い。これらのことができるのは、それなりの地位を持った人間。貴族の誰かということになる。そこで、この前の銃撃未遂だ」

ドーレス邸前でヨハンが銃撃された事件のことである。

「ノアも言っていただろ。〞たまたま条件がそろったように見えて、そろえられていた〟って話。銃撃はドーレスが手引きしたんだ。自邸に招くことで、暗殺の舞台を作った。すべてにおいてあれはタイミングが良すぎた」

「なぜ、ドーレス議員がメルテを裏切るような真似《まね》をするのですか」

ドミニクが怪訝そうな顔で尋ねる。護衛班としては、脅威の前に何度もヨハンをさらしてしまったことになるのだ。知っていれば、ドミニクは今日のドーレスとの会談を止めただろう。

「ドーレスの親父がうちのじいさんに睨まれて以来、ドーレス家は中心地から追われ城下東に居を移し、議会でも立場をなくした。ドーレス本人は市民団体にすり寄りつつ、俺の機嫌をうかがって身の処し方を考えていたようだった。もっと甘い汁が吸いたくて、ロラント侯の誘いに乗ったのかもしれないな」

「じゃあ、先ほど、ドーレス議員に言ったのは……」

その場で聞いていたオスカーがおそるおそる尋ねる。ヨハンはにこっと笑って答えた。

「最後通牒《つうちょう》になるか、逃げ道の確保になるかはドーレス次第」

なぞめいた言い方をして、ヨハンはもうひとつ焼き菓子をぱくりと口に放り込んだ。

「さて、明日は午後から直接議会に行く。午前中は予定がないから、護衛班のみんなはゆっくりしてね」

ヨハンは残った紅茶で菓子を流し込み、立ち上がった。

「俺は離宮の近くを散歩してるんで、気にしなくて大丈夫」

「それでしたら、ノアをお連れください」

ドミニクが発案し、ノアは仰天した。反論の隙なくドミニクが続ける。

「離宮近くとはいえど、今は油断できぬときでしょう。目障りにならぬ距離で歩かせますので、どうかノアを。ノアは腕が立ちますし、勘がいい。何かあっても対処できます。我らもすぐに出られるよう待機しております」

ヨハンは目を細め、頷いた。

「うん。じゃあ、ノアを借りよう。それじゃあ、みんなお休み」

ヨハンとニコラウスが出ていくと、ノアはドミニクに不満げな顔を向けた。

「どうして私なんだ。ドミニク」

「ノアは私情で職務を放棄する人間ではないだろう」

ドミニクは穏やかな顔をして、首をかしげて見せる。

「ヨハン様が一番気を許しているのは誰が見てもノア。今、あの方がどれほどのプレッシャーにさらされているかわかるなら、おそばにいてやれ。どのみち、誰もついていかないわけにはいかない」

それはすべてを見透かしたような言葉で、ノアは返答に詰まる。

横からジェイデンが面倒くさそうに声をあげた。

「あのね、ノアの気持ちとか立場とかどうでもいいから。僕たちはヨハン様を守るのが仕事。ちゃんと役目を果たせよ。な？　カイ」

話を振られたカイは、しぶしぶといった様子で頷いた。

「俺は外で待機してるから、何か異常があれば叫べよ」

「過保護か」

ジェイデンが吐き捨てるように言い、ベンジャミンがけらけら笑っていた。オスカーは困ったような複雑な顔でずっと頷いている。

彼らはヨハンの気持ちを察している。

もしかしたらノアの揺れ動く気持ちすら察しているのかもしれない。ノアはいたたまれない気持ちになりつつも、「承知した」と頷いた。


翌日、朝食もそこそこにヨハンの元へ向かった。普段と何も変わらないはずなのに、浮き立つような落ち着かなさがある。ふわふわとしたこの気持ちはなんだ。ただ散歩に同行するだけなのに。

「ノア、よく来たね。行こうか」

ヨハンはすっかり身支度を整えて待っていた。ニコラウスに護衛班とともに待機するように告げ、離宮の外へ出る。

「さて、行きたいところはある？　……って俺の散歩で行先を聞かれても困るよな」

そう言って先に立って歩き出す。ノアはやや後ろについた。

気ままに歩いているのかと思ったらヨハンには目的地があるようだった。離宮から周囲の森に入ったときは方向的にまた水車小屋へ向かうのかと思っていた。しかし途中道を逸《そ》れ、たどり着いたのは小さな庭園だった。池があり、水鳥が泳いでいる。種類豊富なバラは秋咲きの種類だ。ガゼボにはブドウのツルが巻きつき、小ぶりの実がいくつかぶら下がっていた。

「美しい庭園ですね。こんなところがあるとは知りませんでした」

王宮の敷地は広い。水車小屋もそうだったが、仕えている人間も知らない場所はあるのだろう。この小さな庭園は誰かのために造られた空間に思えた。

「今も整備してもらってるからね。亡くなった母が好きだった庭園なんだ」

ノアはヨハンの横顔を見た。ヨハンとフリードリヒの母親である王妃は、五年ほど前に病で逝去している。兄弟と同じ亜麻色の髪に菫色の瞳の美女であったという話だ。

「そもそも、俺が住まいにしている離宮は母のお気に入りでね。病状が悪くなってからは療養所にしていた」

「左様でしたか」

「子どもの頃、兄と母と三人でこの庭園に来たよ。……緊張しているわけじゃないけど、なんとなく今日はここに来たかった」

ノアは押し黙る。こんな特別な瞬間に、自分が隣にいていいものだろうか。

たとえヨハンがよしとしても、ノアはどこまでも臣下である。簡単にヨハンの特別にはなれない。

「今日の表決が終われば、ひと区切りとなりますね」

「ここからがまた大変だけどね。この前の火事の復興もあるし、ロラントの査察は俺も同行しようと思ってるし」

「ヨハン様がロラントに行かれるということは、私たちもですね」

「そりゃそうだ。頼むよ、俺の騎士たち」

軽い口調で言い、ヨハンは目を伏せた。長いまつげが頬に影を落とす。涼しい秋風がヨハンの髪をなぶっていった。

「……王宮に俺を排斥したいヤツらがいても、外に俺を邪魔に思うヤツがいても、俺には関係ない。止まる気もないし、誰も止められやしない」

「ええ、そのような卑怯《ひきょう》な輩にあなたが負けるわけはない」

ノアは答え、さらに静かな声で続けた。

「ヨハン様ほどこの国の未来を考えている人間はいないでしょう。並の人間が、あなたの想い、頭脳と勇気に勝てるはずがありません。盾はここにおります。ヨハン様はご存分に戦っていらしてください」

ヨハンがわずかに目を見開き、それから照れくさそうに微笑んだ。

「ノアに言われると背筋が伸びるよ」

ヨハンがそっと腕を伸ばし、ノアの手首をつかんだ。

「ノア、少し先になるが、落ち着いたらあらためて俺の気持ちを伝えたい。俺の願いについて、考えてほしい」

「ヨハン様、私は……」

もう戯れなどとごまかすことはできない。まっすぐに見つめてくる菫色の光は、陽光を反射して虹色に見える。なんて美しい瞳だろう。とらえられたら、目をそらすことなどできない。

それでもノアは必死に目を閉じ、身を引いた。

「私はヨハン様の思うような人間ではございません」

ヨハンが自分に向ける感情は男が男を愛する感情なのだろう。それならば、本当は女であるノアには受け入れられない。むしろ、ヨハンをずっとだましていたことになる。

「俺の目に映るノア・クランツは、真面目で賢明、腕が立つ騎士だ。あと、頼まれるといやと言えないお人好しのところもある」

「あなたは思い違いをしておられるのです」

ヨハンは微苦笑を浮かべ、ノアの顔を覗き込んだ。

「そんな中途半端な文句じゃ、男は振れないよ。ノア、俺はおまえの都合なんか、本当のところどうでもいいんだ。ただ、俺のそばにいてほしいだけ」

そう言うとヨハンはノアを引き寄せ、胸の中に閉じ込めた。数えるほどしか経験のないヨハンの抱擁なのに、抱きしめられた瞬間、身も心も充足を覚えた。この慕わしい温度と匂い。魂がほしいと言っている。

「離していただけますか」

「いやだ」

「ヨハン様……！」

焦って身じろぎすると、耳元に唇を押し付けられた。

「力ずくで振りほどけるだろ、ノアなら」

それをしないということは、という意味だ。ノアは羞恥と困惑で言葉を探す。

「あなたは、ずるい」

精一杯発した言葉が拒否になっていないのはわかっている。

「私ではあなたをお慰めできません」

「妻や妾の役目なんか求めていないよ。ただ隣で同じものを見てほしい。考えてほしい。死ぬまで、俺といてほしい。ノアにしかできない」

「そんな……」

「拒絶するのは、俺をそういう目で見られないから？　それともノアの今までの生き方のせい？」

好意の感情は確かにここにある。認められないのは、受け入れられないのはノア自身の問題だ。

そう考え、ノアはヨハンの言葉の意味が変化していると気づいた。

「ノア自身が背負い込んだ役目を、俺が知っているとしたら？」

ノアはびくりと身体を揺らした。知っている、それは……。

「遠きエストスの地で、役目を負わされて生まれてきた子どものことを俺が知っているとしたら？その子どもが自ら新たな役目を探してメルテにやって来た……そして」

「ヨハン様！」

咄嗟に遮っていた。心臓が大きな音で鳴っているのは抱擁の緊張感だけではない。

ヨハンはすべてを知っているというのだろうか。

ノーラがノアになった理由を……。

おそるおそる見上げると、ヨハンの必死な瞳とぶつかった。

「全部、ひっくるめてノアに惹かれてる」

狼狽の奥にある感情は喜びだった。臣下の身でありながら、騎士でありながら、こんな感情はいけない。

だけど、ヨハンの言葉に震えるほどの喜びを覚えた。否定しなければと思うのに、理解を示そうと見つめてくれるこの美しい瞳に応えたいと感じていた。

「私……私は……」

そのときだ。

木立の奥から複数の足音が聞こえた。まだ充分距離はあるが、ノアはヨハンの腕を瞬時に抜け出し、主を背後に庇う。

藪の間の小路を抜けて現れたのは二十名ほどの近衛兵。そして、王宮に勤める内務官の制服を着た男が三人。

ヨハンは王宮内務の男たちをよく知っているようだ。

「ヨハン王子、今すぐに王宮にお越しください」

「仰々しいね」

ただ事じゃないのはヨハンもノアも察している。ヨハンはいつもの笑顔のままだ。

「用向きを伝えるべきじゃないの？」

「王宮にてすべてお話しいたします」

「胡散臭いなあ。俺が行かないって言ったらどうする？」

「断ることはできません。これは王陛下の御名《おんな》においた命令だからです」

強制的な出頭命令だ。

まるで容疑者である。王子相手にすることではない。

ヨハンはふうと仕方ない様子で嘆息した。

「わかった。出かけよう。しかし、こちらも多忙。手短に頼むよ」

「ヨハン様！」

叫ぶノアに余裕の笑みを見せて、ヨハンは左右を近衛兵らに囲まれて去っていった。

第八章

囚われの第二王子

ヨハンの後を追うことは禁じられた。急いで離宮に戻ると、すでに事態は護衛班に伝わっていた。近衛兵らが先に離宮を訪れたからだ。

「私は詳細を探ってきます。ヨハン様おひとりを招集など、無礼にもほどがある」

ニコラウスが怒りと狼狽の表情で離宮を出ていき、護衛班六名はサロンに残った。

「出頭命令……。王太子の側近はそこまでできるのか？」

カイの不安げな言葉にドミニクが答える。

「王宮内務を動かしたのだろう。つまりはそれだけの証拠があったということ」

「証拠って、ヨハン様はそもそもなんの容疑をかけられて出頭を命じられたのですか？」

オスカーは大きな身体を丸め、泣き出しそうな顔をしている。

「法案の表決はどうなるんだよ」

ジェイデンがつぶやいた。

わからない。ノアたちにうかがい知ることはできない。

数時間後に、ようやくニコラウスが離宮に戻り、サロンで護衛班に状況を説明してくれた。

「ヨハン様は現在、王宮に軟禁されています。バルテール帝国と通じた罪で」

アンドレア中尉に尋ねられた件だ。やはり偽の罪状をでっちあげられていたのか。

「そんなでたらめ、証拠なんかないだろ」

ベンジャミンが声をあげるが、ニコラウスは眉間にしわをよせ、首を左右に振る。

「証拠と証言がそろえられていました。……まずはヨハン様がロラントに向かわれた際に従弟のパトリック様に宛てたお手紙がありました。パトリック様の名前を借りてロラントに行くという旨がヨハン様の筆跡で書かれています。パトリック様はご興味のあること以外には疎い方。ヨハン様からの手紙をぞんざいに置いておいたのでしょう。それを盗まれたものと思います」

確かにヨハンが書いてニコラウスが届けたものだ。しかし、ヨハン自らロラントへ向かった証拠にはなっても、バルテールと繋がった証拠にはならない。ロラント行きは王太子も知っているのだ。

ニコラウスが続ける。

「王宮にはロラント侯が来ています。ロラント内で捕まえた兵士がバルテール帝国外務官からの書面を持っており、その宛先がヨハン様であったと。「由々《ゆゆ》しき事態ゆえに直接王宮に持参した」と言っているようです。バルテール帝国からの正式な書状である印章が押されてあったと」

「なんだ、それ。捏造じゃないか、そんなもの」

カイの声にドミニクが苦々しくつぶやく。

「ロラント侯には捏造可能だろうな。本人はバルテールと通じているんだ。バルテール側に頼んで、偽の書状を作ってもらったに違いない」

「ええ、事実無根の捏造です。しかし、ロラント侯とバルテール帝国の繋がりが暴けない以上、この証拠は大きい。さらにロラント侯は証言者を連れてメルテに入っています。マージ・カッサリン。ロラントの娼館組合長です」

ノアらはよく覚えていた。風切り亭のけばけばしい女将だ。

「この女がパトリック様を名乗る男を宿に泊めたと証言しました。さらに理由をつけて娼婦を断り、夜間に娼館内で人と会っていた様子であると言うのです」

「確かにヨハン様は娼婦を断ったが、それは夜のロラントを実地検分するため。ノアが同行している」

カイが説明し、オスカーも頷く。

「出回っている麻薬を手に入れ、ノアさんと戻ってきたんです。夜半に暴漢が侵入する騒ぎがあり、早急に宿を立ったんですよ？　誰かと会うなんてあり得ません」

「女将の言い分では、その急ぎようが怪しいとのことです。さらにあの日、娼館には身分を偽った軍人がヨハン様と同じフロアに宿泊していたそうです。その軍人も娼婦を断っていた。その軍人がバルテールの者でヨハン様と密談をするためにロラントに侵入していたのではと」

軍人の件はおそらく完全な嘘だ。でっちあげだ。それでも、女将が宿泊者名簿を見せて、言葉にバルテールの訛《なま》りがあったなどといえば、証拠になってしまう。

ノアは唇をかみしめ、横でカイが唸るようにつぶやいた。

「不十分な証言に捏造された証拠……、こんなものでヨハン様を拘束するなんて」

「この件は王宮内務も慎重に調査するでしょう。なにしろ、王子が容疑者です。その分、ヨハン様の拘束は長引きます。秘書である私も面会が叶いません」

「今日の議会は？　法案の表決があるはずだ」

ノアの問いにニコラウスは悔しそうに首を左右に振った。

「議会は延期になりました。このまま軟禁が長引けば、改正案自体が破棄されてしまう可能性もあります。ヨハン様が拘束されたということは公の情報ではありませんが、なぜか議会では知れ渡っていました。誰かが漏らしたのです」

ノアの頭にドーレス議員の顔が浮かんだ。昨晩会ったあの男は、この事態になることを知っていたのだろうか。

「ヨハン様を救出しに行こう」

そう言ったのはベンジャミンだ。

「俺たちは護衛班だろう。不当に拘束されている主を奪還するのは当然のことだ」

「オレもそう思います。このままでは、ヨハン様が尽力されてきた改正法案が台無しになってしまいます！」

オスカーも言い、ドミニクがため息をついた。

「落ち着け、おまえたち。王宮の近衛兵全員を相手に戦闘でもする気か？」

「僕たち六人がいれば、こっそり連れ出すのは可能かもよ。ヨハン様の無実が証明できるまで、身を隠してお守りするんだ」

そう言ったジェイデンも、この状況に憤っているのが伝わってくる。皮肉屋ではあるが、短慮は起こさない男が、強引にでも行動した方がいいと思っているのだ。

「待て。王宮内務に刃を向けるということは、王家に刃を向けることと同義。俺たちが国賊になってしまっては、ヨハン様がいくら正道を説いても人は耳を貸さなくなる」

「クーデターを起こしたいわけじゃない。そうやって王家が分裂する例は、歴史を見ればいくらでもあるじゃないか」

ドミニクの言葉にさらにジェイデンが言い募る。

「ヨハン様は正しいことをしているのに、僕たちはこの状況を見ているしかできないのか？」

ジェイデンの気持ちは、おそらくこの場にいる全員の憤りだった。主を救えずに何が臣下か。

皆がヨハンを好きだった。最初こそ、のんきで緊張感のないヨハンに不安を覚えた。こんな男が切れ者と噂の第二王子なのかと失望した。

しかし、ヨハンが進む道を今は皆理解している。そこに未来があると、信じている。

「みんな、落ち着いてくれ。俺には……ヨハン様だけじゃなく、おまえたちを守る責務もある……。怒りと焦りで、視界を曇らせないでくれ」

ドミニクが深いため息をつき、椅子に腰かけた。焦燥が感じられた。ドミニクとて、本心では今すぐヨハンを奪還しに行きたいのだろう。リーダーである自分の責任との間で板挟みなのだ。

「ニコラウス、ほぼ確定で本件はロラント侯が黒幕だと思っていいな」

ドミニクの問いにニコラウスが頷く。

「ええ。協力者はドーレス議員。フリードリヒ王太子様は何も知りませんが、側近の一部がこの件に加担しているでしょう」

「それなら、連中の狙いは法案の破棄か否決だ。法案がなくなれば、ロラント侯は無茶な証拠を引っ込めるかもしれない。ヨハン様の身柄も解放される可能性が高い。ヨハン様がお力を注いできたことだが、御身安全のため今回は諦めていただく。ロラントへの介入法は、貿易関税法だけじゃないはずだ」

ドミニクの言は一理あるとノアは思った。王宮に盾つくことなく、何もせずヨハンが解放されるのを待つのが一番いい方法だ。王宮内務も馬鹿ではない。ヨハンとバルテール帝国の繋がりを示す証拠が、ロラント由来以外で見つからなければ、容疑不十分の王子を拘束してはおけない。監視はつくだろうが、ヨハンは自由の身となるはずだ。

しかし、それで済むとはノアは思えなかった。

「もし、敵方がこのままヨハン様の排斥を目論んでいるとしたら？」

ノアの言葉に全員が視線を集めてくる。

「王太子側近一派は、法案破棄によりヨハン様の意気を挫《くじ》くだけで満足するだろうか。この絶好の機会に、偽の証拠をさらに重ねてくる可能性は？　そうだとしたら、ヨハン様は法改正がなくなっても解放されない」

何より、とノアはつぶやき、一度ぎゅっと唇を引き結んだ。

「ヨハン様が国と民を想って練り上げてきた貿易関税法改正案を無駄にしたくない」

ノアの言葉に、全員がしんと黙った。皆がヨハンのここまでの歩みを知っているのだ。

やがて、口を開いたのはカイだ。

「じゃあ決まりだな。俺たちでヨハン様の無実の罪を晴らし、真正面からお救いする。これしかないだろ」

「簡単に言ってくれるねえ。でも、俺もその案に賛成する」

ドミニクが苦笑を浮かべ、椅子から立ち上がった。

「僕もそうしたい」

「俺にできることなら、なんでもする」

ジェイデンとベンジャミンが言い、オスカーが目頭の涙をぐいっとぬぐって言った。

「オレもです。オレたち、ヨハン様の盾ですが、最強の剣になりましょう」

ニコラウスが厳しい顔をわずかに緩め、頷いた。

「それでは作戦を練らなければなりませんね」


護衛班六名とニコラウスは人払いをしたサロンに集い、ヨハン救出のための綿密な計画を立てた。

ニコラウスは事情聴取があるため離宮に待機するように言われているが、護衛班は一度軍本部に戻るよう通達が来ていた。ドミニクがそれを『正式な辞令が出るまで、主はヨハン様であり、動くことはできない』と突っぱねた。ヨハンの処遇が決まらない以上、軍は勝手に護衛班を解体できないのである。

計画を立てる前段階で、どうしてもヨハンに接触しておきたいという話になった。今回の件について、ヨハンの意思もあるからだ。おそらくヨハンは、ここにいる面子《めんつ》より一手二手先を考えているだろう。

「夜に離宮のメイドを遣わす予定でした。着替えと差し入れをお持ちすると宣言してきましたので」

ニコラウスが言うそのメイドに護衛班の誰かが扮《ふん》すればいい。ただのメイドに使いを頼んで正確な意図の聞き取りができるかわからないし、もし王宮内務に疑われたとき躱《かわ》せるかわからない。検討の余地はない。ノアは自ら「私が行こう」と申し出た。

「ロラントでも女装はした。不本意だが、体格的にも一番ごまかしが利くだろう」

ニコラウスが一番大きなサイズのメイド服と栗色のウィッグを用意してくれた。ノアの銀髪は目立つからだ。

今更だがハイウエストで胸を強調したデザインのメイド服に、ノアは一瞬閉口する。すると、横から服を覗き込んでベンジャミンが言った。

「うーん、メイド服がでかいから、ノアの自前の胸だと余りそうだなー」

ノアはぶんと首を振り、ベンジャミンを見た。自前の胸？　そんな言葉はあり得ないはずだ。目を見開き言葉を失うノアに、ベンジャミンが「あ、まずかった？　今言うことじゃなかったか」と苦笑いをした。飄々《ひょうひょう》とした態度にカイとオスカーも目を剥いた。

「ベンジー、おまえ……」

「いや、俺だけじゃないよ!? ジェイも気づいてたし、ドミニクもだよな？」

ノアが勢いよくドミニクとジェイデンを見る。ふたりはなんとも気まずそうな顔で視線をそらした。

「そんなのさぁ、割と最初からわかってたけど……言えないじゃん？」

「まあ、うん。ずっと一緒に暮らしてるしな……」

「オスカーは？」

「オレはひょんなことから、知ってしまいまして……」

オスカーにバレただけではなく、護衛班の同僚たちはノアの正体に気づいていたのだ。

ノアは驚きから、脱力しへたりこみそうになるのを耐えた。

「七年間、誰にも気づかれなかったのに……」

「いやあ、護衛班に入ってから濃密な時間を過ごしてるからねー。まあ、なんとなくわかっちゃったってだけ。ヨハン様だって気づいた上であういう態度だったわけで」

ベンジャミンの明るい笑顔に、今まで武装していた心が緩み、不意に泣きそうになった。もちろんここで涙するノアではないが、わかった上で口にせず隣にいてくれた仲間たちに感謝の気持ちを覚えた。

「みんな、ありがとう。後れをとるつもりはない。今後もともにここにいていいだろうか？」

「腕が立つんだから、それが資格でしょ。今更、馬鹿か」

「ノアがいないと護衛班は戦力不足だ。勝手にいなくなったら困るよ」

ジェイデンとドミニクの言葉に、今度こそ涙ぐみそうになるのをこらえなければならなかった。

カイもまた胸を熱くしているだろうことが表情からわかった。

「ちょっと待ってください。私にはなんの話かまったくわからないのですが」

ニコラウスひとりが、話を飲み込めず混乱していたため、この後カイが別室で説明をしたのだった。


夕食が終わった時分、ノアはかごにヨハンの着替えと身の回りのものを入れ、王宮にやって来ていた。ニコラウスが同行している。

「そこへすべて並べろ」

王宮内務官らに衣類や小物はすべてチェックされた。怪しいものがないことを確認し、ノアだけが先の廊下に通される。栗色のひとつ結びのウィッグをかぶり、前髪を厚く垂らしてアイスグレーの特徴的な瞳が見えないようにしているノアは、少し背の高いメイドにしか見えないだろう。

王太子や王が住まう棟からは離れた塔にヨハンはいた。これでは幽閉だ。ヨハンはこのままここから出られないのではと思うとぞっとした。

階段を上ると、頑丈そうな鉄の扉があった。最上階のひとつだけの部屋に閉じ込められているヨハンを想い、胸が苦しくなる。

門番らに会釈をして開錠を頼むと、重たい戸が嫌な音を立ててゆっくりと開いた。

ヨハンは入ってきたメイドの背格好ですぐに誰かわかったようだ。戸が閉まるなり、小声で言った。

「近くに。この部屋には誰もいないけれど、門番たちは聞き耳を立てている」

ノアは頷き、ヨハンに駆け寄った。すると、ヨハンがノアの身体を受け止めるように抱きしめた。

「ヨハン様……！」

拒否できなかった。ノアはヨハンの首筋に顔をうずめ、深く息を吐いた。会いたかった。今朝がたの別れからずいぶん時間が経ったように感じられる。

「茶色い髪も似合うじゃん。ノアは何でも可愛いなあ」

そう言ってヨハンはノアの頭に頬をもたせかける。

ずっとこうしていたい。自然とそう思った。おそらくヨハンもまた同じように思っているだろう。

しかし、時間がない。

「ヨハン様、ニコラウスと護衛班六名で、あなたの無実を証明するため動いております」

ノアは身体をわずかに離し、間近くヨハンを見つめた。声はかすれるくらい小さな声だ。

「あなたを救い出します。あなたのお考えと違うようでしたらおっしゃってください」

「ありがとう。俺は俺で色々悪だくみをしてたんだけど、おまえたちが動いてくれるならそれが一番いい。法案の表決にも間に合いたいしね」

そう言ってヨハンは、一瞬だが酷薄な笑みを浮かべた。悪だくみ……、ノアらの手を借りずに拘束を解かせる術を考えていたのだろう。ヨハンにはまだまだ底知れぬ部分がある。

だからこそ、その頭脳を失うのはメルテン連邦の損失だ。

「私たちは、ロラント侯がロラント領国を留守にしている今この瞬間に証拠を集めるつもりです。バロック産と呼ばれるバルテールの製品や食物の取引の証拠は、絶対にある。娼館には麻薬の取引帳簿もあるでしょう。それを押さえます」

「いい案だ。パトリックの名前を使うといい。ニコに言えば意味がわかるだろう。なんならパトリックのヤツが俺の手紙を雑に扱ったせいでもあるんだから、本人を引っ張り出してもいいけど。いや、馬に長時間乗れるヤツじゃないから足手まといだな」

「承知しました。ロラント侯はメルテに滞在中なんですよね」

「しばらくいるだろうね。ヤツは俺の前に現れて偉そうに言ったよ。『この国の第二王子ともあろう方がバルテールと通じていたなんて』って、偽物の書簡を持ってな。あの野郎、とことん痛い目を見せてやろうじゃない」

憎々しげにヒヒヒと笑ってから、ヨハンは付け足す。

「ロラント侯の動きも見張っておいて。おそらく、ドーレスか王太子の側近と密会する。あとは、証言をした風切り亭女将のマージの行方を捜して、身柄を押さえてくれ」

「もうロラントへの帰路でしょうか」

「おそらくはメルテでロラント侯の手の者に拘束されていると思う。マージはロラント侯の共犯。王宮内務にも、俺たちサイドにも渡したくないはず。もしかしたら始末されてしまうかもしれない」

ヨハンは言葉を切り、さらに声を潜めた。

「そしてドーレスに接触してくれ。ドーレスは俺の暗殺でメルテに混乱をもたらし、バルテール亡命の足掛かりにせよとそそのかされている。そそのかしたロラント侯らは、すでに暗殺が目的ではない。俺の権威が失墜すれば、平和と利益が守れるからだ。やつらは協力関係にありながら、もう目的が違う」

「そこを突くのですね」

「ああ、このままじゃトカゲの尻尾切りに遭うぞと伝えて、ドーレスを寝返らせるんだ。昨晩、俺は念押しをしてある。今なら最大限の温情を見せてやる、ってね」

裏切り者を再度裏切らせるとは。怖いことを考えつくものだと思いながら、鮮やかなやり口だとも思った。

「承知しました。もしうまく事が運ばなかった場合は、同じようにお知らせにあがります」

「いや、二度目の面会は警戒されるだろう。遅かれ早かれ兄か親父の査問をきっかけに俺は解放される。俺にも手札はあるからね。ただ、査問を先延ばしにされれば、貿易関税法改正案の表決には間に合わない。今日延期になったなら、早くて明後日《あさって》には表決か破棄かという話になるだろうから」

タイムリミットは明後日午後。それまでに証拠を集められれば、ヨハンは議会に間に合う。やはりすべてはノアたちにかかっているのだ。

「承知しました」

ノアはヨハンから離れ、騎士の礼を持ってひざまずく。愛《いと》しい気持ちが胸にあった。しかし、それよりもこの男こそがノアの主。

「必ずあなたを救い出します。今しばらくのご辛抱を」

「ああ、待ってる。ここを出たら、今朝の続きだな」

そう言って微笑むヨハンは余裕たっぷりで、この幽閉状態にあっても放つ光に衰えはなかった。

第九章

ヨハン救出作戦

夜が明ける前に護衛班は行動を開始した。

カイとオスカーはロラント領国に出発した。手にはニコラウスが託した書状があり、パトリックの名義で調査協力を依頼する内容となっている。『従兄である第二王子ヨハンが拘束された。名義を貸した責任を取り、第二王子がロラントで見聞きしたものを検分する』という内容が記されている。

ロラント侯不在のロラント領国で、メルテ王族の書状は一定の効力を示すだろう。末端の役人や兵士、娼館や商会なら確実に従う。

ふたりは明日の明け方までに戻る旨を約束し、出かけていった。証拠集めにどれほどかかるかわからないが、カイとオスカーの乗馬技術なら替え馬を使って一晩でロラントから戻って来られる。

ドミニクは前夜の時点で再び軍本部から出頭命令があり、早朝からジェイデンを伴い連邦軍本部へ赴いている。

ジェイデンだけ先に戻り状況を説明してくれたのだが、ドミニクは護衛班の解体を断固拒否し、それを命じた王宮内務の見解を聞きたいと逆に軍本部に居座っているそうだ。

「かなり面倒くさい感じになってたよ、ドミニク」

ジェイデンが面白そうに笑って言った。「面倒くさいジェイが言うならよほどだな！」とベンジャミンが答え、ジェイデンに殴られていた。

ノアの知るドミニクは責任感と正義感は強いが、物腰の柔らかい男だ。護衛班最年長でまとめ役ということもあるが、偏った考えや態度は見せない。

しかし若手ナンバーワン騎士と呼ばれるだけの武力も主張の強さも、元来備えている。我の強さを前面に出し、軍と王宮内務を相手に舌戦《ぜっせん》を展開するつもりだろう。ドミニクが納得しない限りは護衛班の解体は強行できず、さらに護衛班は自由に動けるというわけだ。

ジェイデンも合流し、三人でロラント侯に近づくことにした。ニコラウスの情報では、王宮敷地内のゲストハウスに滞在しているとのこと。

護衛班の中では目立つ容姿の三人である。ジェイデンとベンジャミンは薄茶色のウィッグをかぶり一般兵士の軍服に着替えた。ゲストハウスの警備兵ふたりに小遣いを渡し、立ち番を代わってもらうそうだ。

ノアは再び栗色のウィッグをかぶり、メイド服を着る。厚い前髪で顔立ちを隠し、井戸端で洗い物をしている年かさのメイドに近づいた。

「こちらを手伝えと言われたのですけれど」

「助かるわ。急なお客様でてんてこ舞いよね」

手の空いたメイドをゲストハウスに配置しているようだ。潜り込むのは容易い。

掃除のふりをして邸内を歩き回った。しかし、邸内はロラント侯の供の者が少数いるばかりのようだ。ロラント侯は昼に外出だと聞こえてきたが、本人の姿は見えず、他に世話をしなければいけない人は邸内にいない様子。

女将のマージはここにはいないのだろうか。ひとりで調査していては時間切れだ。ノアは意を決して、台所で昼食の準備をするメイドたちの輪に入った。女同士の世間話など、何を話せばいいかまるでわからない。しかし、その場でなんとなく相槌を打っておけば、混ざり込んでいられるはず。

笑顔を作れば、頬がひきつれそうになる。それでもノアはメイドたちの輪の中で不器用に笑い、新人メイドとして相槌を打っていた。

三十分以上他愛ないお喋りに付き合い、パン生地をこねていたノアだったが、世間話の中でいい流れがきた。

「ロラント侯が連れて来た女性ってお妾じゃないわよねえ。ずいぶんお年が上だったけれど」

マージのことだとすぐにわかった。やはり、このゲストハウスに来ていたのだ。

「メルテの視察に来た何かの組合長らしいわよ。昨晩のうちに出ていったから、もう仕事は終わりでお国に帰ったかしらねえ」

「昨晩に……ですか？　馬車で？」

ノアは自然な雰囲気で尋ねる。

「そうそう、あなたも見かけた？　東門から慌ただしく出ていったわよね」

つまりマージは、ゲストハウス内にはもういない。しかしヨハンの読みでは、まだメルテにいるはずである。ロラント侯が監視できる場所はどこか。そう考えてドーレス議員のことが浮かんだ。

マージを渡したくないロラント侯は、ドーレスに身柄を預けるのではないだろうか。

パンを窯に入れ、ノアはゲストハウスをそっと退散した。不特定多数のメイドが出入りしているゲストハウスだ。ひとり増えても消えても、誰も気にしないだろう。

離宮のサロンにはベンジャミンが先に戻っていた。連絡役のニコラウスも待機している。

「ロラント侯の側近がフリードリヒ王太子の側近と会うのを見たよ。ドミニクが言っていた男だから間違いない」

ドミニクはもともとフリードリヒの従士であった。王太子側近の顔は全員知っている。昨日の時点で、ニコラウスが持っていた数年前の写真を頼りに、ジェイデンとベンジャミンに側近全員の名前と顔を覚えさせていたらしい。ベンジャミンはろくに覚えられなかったらしいが、記憶力のいいジェイデンは全員の顔と名前を一致させていた。

「そのジェイデンはどうしたんだ」

「ロラント侯が出かけたら、護衛兵にまぎれてついていけるところまで行くって。どうせ、途中で王宮の近衛兵も警備の一般兵士も外されるだろうけど、今日の動向は監視しておいた方がいいだろ」

ロラント侯も警戒して、ドーレスに会いに行くようなことはしないだろう。表向きはあくまでメルテの視察の態度を取るに違いない。

ノアは自身が得た情報をもとにニコラウスに言う。

「私はこれから、ドーレス議員邸に行く。証言者マージの身柄がそこにあるかもしれないし、ヨハン様からドーレス議員の説得を命じられている」

「俺も同行するわ。ニコラウス、戻らなかったら、ドミニクの判断で頼むよ」

戻らなかったら。ベンジャミンはドーレス邸で何か起こった場合を考えている。それはノアも同様だ。ドーレス議員が備えていないわけはないだろう。

装備をあらためて確認しながら、ノアはベンジャミンに話しかけた。

「いざというときは、どちらか片方でも脱出するぞ、いいか？」

「うん、当然。でも、最悪俺たちふたりが抜けても問題ない。ドミニクはそこまで想定して動いてくれると思う。ただ、ヨハン様のためにはふたりとも無傷で戻りたいよねえ」

「宴のためにも？」

「そうそう。俺、楽しみにしてんだぁ。仲良くなったみんなでお疲れ様ーってメシ食うの」

愛馬に跨り、ドーレス邸を目指す頃、日は中天となっていた。突然の訪問であるが、議会がないためドーレスが自邸にいる可能性は高い。

門をくぐり使用人に馬を預け、ドーレスとの面会を頼む。例の正面階段を上り、扉からエントランスホールに入ると、奥から黒服の執事とドーレスの秘書がそろって出てきた。

「主人は留守です」

執事が恭しく頭を垂れて言う。ベンジャミンが間髪入れずに答えた。

「では、待たせていただく」

「失礼ですが、本日はお帰りください。騎士様といえど、玄関先に長時間いられるのは。日をあらためていただきたく存じます」

「いや、待たせていただく」

ドーレスはおそらく居留守を使っている。主人が使うであろう外出用馬車は厩の近くにあり、それを引く馬は飼い葉を食《は》んでいた。

「恐れ入りますが、騎士様がお見えになる理由がわかりません。ドーレス様とお約束があれば、私どもも承っておりますが」

そう言ったのは秘書で、一昨日ノアとは顔を合わせている。城下中心地の料亭で、ヨハンとドーレスの会合時だ。秘書はノアがヨハンの手の者だと気づいている。

「約束ではなく、火急の用件だ」

「王宮からのご用事ですか。それとも連邦軍からの？」

「先日、あなたとは顔を合わせたはずだが？　第二王子ヨハン様の従士である」

隠す必要はないので名乗り、ノアは眼光するどく秘書を睨みつけた。

「ドーレス議員にお目通りを願いたい」

「主人に聞いてみませんことには。本日は遅くなりますので、日をあらためて」

なんとしても追い返そうとする執事と秘書。ノアは視線をそらし、口調を変えた。

「そういえば、昨晩、ロラント侯からお預かりの客人がこの邸宅に入ったと」

執事が片方の眉をぴくりと動かした。

「ドーレス議員を待つ間、その方から話を聞きたいと思っている。いかがかな」

「客人は大変お疲れのようですので」

執事が断りの言葉を口にし、秘書が横で何か言いかけて止めたのが見て取れた。執事の言葉は肯定で、秘書は失策を悟っている。

やはり風切り亭の女将・マージはここにいる。

「そうか。では、ドーレス議員を待たせていただく」

ノアとベンジャミンは直立不動で玄関に立った。兵士は立っている瞬間も訓練だ。何時間でもこのまま待てる。

一時間ほどそうして立っていたふたりの前に再び執事が現れた。恭しく頭を下げ、言う。

「主人と連絡がつきまして、お待ちいただくようにとのことです。ご案内いたします」

ノアもベンジャミンも視線ひとつ合わせなかった。しかし、状況は察していた。

「こちらでお待ちください」

案内された部屋は同じ階にあり、先日パーティーが行われていたホールの近くにある応接間のようだった。扉が開くと、窓のない暗い室内は煤けて輝度の低いランプの薄明かりしかなく、家具すらろくに見えなかった。

「さ、どうぞ」

執事が手を差し出し、ふたりを中に招き入れようとする。瞬間、ベンジャミンが執事の首根っこをつかまえ、自分たちより先に室内に放り込んだ。

ノアは扉に寄りかかり、自分自身をつっかえ棒にし、様子を見守る。ベンジャミンの手から放り出された執事の身体に太い腕が巻きつくのが見えた。

「待て！　私だ！」

絞めあげられ、じたばたとあがく執事の身体の向こうに、屈強な男の姿が見えた。さらに複数のうごめく影。

「おかしいな。私たちはドーレス議員をお待ちするつもりだったのだが」

「お待ちいただけますよ。お身柄は拘束させていただきますが」

ノアの言葉に横から答えたのはドーレスの秘書だった。こつこつと靴音を響かせてやって来る。

「客人への対応じゃないでしょ」

部屋から伸びてきた腕を叩き落とし、ベンジャミンが言った。

「客人とは思っておりません。不審者への適切な対応です」

秘書の言葉が終わるか終わらないかのうちに室内からわらわらと男たちが出てきた。傭兵《ようへい》のような鎧《よろい》姿の者、軽装だが刃物を手にしている者、力自慢と思われる大柄の者、全部で六名。おそらくここにいるだけではないだろう。ロラント侯が手配した男たちと思われた。

「では、ドーレス議員にお出ましいただけるよう、我らも尽力しなければならないな」

ノアとベンジャミンは襲い掛かる男たちの腕を、重心をわずかにずらすだけでいなした。腰にはサーベルを佩いているが、廊下で渡り合うには少々狭い。秘書の後ろから増援で五名がのしのしとやってくる。

「ベンジー、玄関だ」

ノアは叫んで駆け出す。ベンジャミンも暴漢のナイフを蹴り上げて、後に続いた。

「逃がすな！　追え！」

逃げるものか、馬鹿め。ノアは口の中で悪態をつき、エントランスホールでくるりと身をひるがえした。広い場所に出れば存分に戦える。

「全部で十一人か。サーベル、もろくて嫌いなんだよな」

ベンジャミンが文句を言う。サーベルは将校の証のひとつであり、装飾的な要素も強い。もちろんふたりとも使えるが、戦場で使っていたのはライフル銃に短剣を装備した銃剣や槍だ。

「ベンジーの使い方が雑なんじゃないか？」

「ん〜、否定できないなー。まあ、素人五、六人なら問題ないでしょ」

「その通りだ」

襲い掛かる暴漢に向かい、ふたりはサーベルを抜いた。ナイフを手にした男は手首を狙って一閃《いっせん》。武器を握れなくなり、動脈からの出血に慌てふためく男を蹴り倒した。こん棒のような鈍器を振り上げる者は懐に入って、真下から顎に掌底を叩き込んだ。サーベルすら不要である。羽交い絞めにしてこようと飛び掛かってくる者からは勢いよく引き、サーベルの間合いで切り刻む。殺す気はな

いが耳や頬、指の先を削がれ、相手が戦意を喪失していくのが見て取れた。

銃は混戦状態では役に立たない。味方に当たるからだ。現に誰も銃を装備している様子はないし、あっても出せないのかもしれない。

ちらりと見たベンジャミンは、嬉々《きき》として暴漢たちをのしている。サーベルは途中で放り出し、ほぼ素手で格闘しているのだから、身体能力の高さがうかがえる。

反射神経の良さはメンバー随一だろうと思っていたが、総合的にもすべての能力値が高い。ノアは暴漢らを叩きのめしながら、一度ベンジャミンとは手合わせをしたいものだが、格闘では分が悪いか、などということを考えていた。つまりは余裕であった。

戦場で兵を率い、自ら戦い結果を残してきた騎士ふたりに、寄せ集めの傭兵崩れはなんとももろかった。ノアが最後のひとりの首にサーベルの切っ先を突き付けた瞬間、ベンジャミンも一番図体《ずうたい》の大きな男を絞め落とした。

「ノア、そいつも落としとこ」

意識を失った大男を放り出し、ベンジャミンが屈託なくノアの方に駆け寄って来た。その刹那ノアの視界には、秘書がスラックスのポケットから拳銃を取り出すのが見えた。

「ベンジー！」

ノアの叫びにベンジャミンは背後を見ることなく伏せた。そして、ノアもまたなんの躊躇もなく懐から拳銃を取り出した。軟禁中のヨハンから使用許可をもらった例のハンドガンだ。この騒動の直前に最初の一発は込めてある。

秘書が発砲するより早く、ノアの放った銃弾が秘書の右肩を貫通した。うめき声をあげて、秘書がくずおれる。

ノアは転がった秘書に歩み寄り、サーベルの切っ先を当てて冷徹な声で言った。

「ドーレス議員にお話しがある。ご案内いただこうか」

「案内いただかなくても家捜しするけどね～」

ベンジャミンがうめく暴漢たちをひとりひとり絞め落としながら付け加えた。

「殺しては駄目だぞ、ベンジー」

話し合いをしたくとも、死者が出ればうまくいかなくなる。命を奪う方が容易いが、そうしなかったのはドーレスとの交渉のため。

「おっけ、わかった。わかった」

ベンジーはやっていることと裏腹に明るい笑顔だった。

出血と痛みで身動きが取れない秘書はまだわめいていたが、戦力総崩れの惨状に執事の方が観念したようであった。

屋敷の者に怪我人の手当をさせ、ノアとベンジャミンをドーレスの私室に案内した。

騒ぎも銃声も聞こえていたであろうドーレスは、室内へと入って来たノアとベンジャミンを見てぎょっとした顔をする。落ち着かなく部屋を歩き回っていただろうことが察せられた。

「ドーレス議員、ヨハン様よりお言付けを持ってまいりました」

ノアの言葉に、ドーレスは真っ青な顔を怒りの形相に変化させる。

「帰れ、おまえたち！　騎士風情が押しかけて暴れて許されると思っているのか！」

「ロラント侯と貴殿の繋がりは露見しています。ヨハン・レオナルト・メルテ王子の暗殺計画に加担し、暴漢らに拠点を融通し、情報をロラント侯に流していましたね」

「そのような証拠はない！」

「ございますよ。先ほど、私たちをもてなしてくれた男たちの素性を調べれば、彼らがどこの出身かわかるでしょう。そしてこの邸宅にはロラント侯のもうひとりの共犯、マージ・カッサリンがいる」

ドーレスはぶるぶると握った拳を震わせ、視線を泳がせていた。

「ヨハン様を弑《しい》し奉ることでメルテを混乱に陥れ、それを手土産にバルテールに亡命すればいいとロラント侯に吹き込まれましたか？」

「そのようなこと……」

「しかし、ロラント侯やあなたが仲介した王宮の〝ある者たち〟はもうあなたと同じものは見ていない。ヨハン王子を排斥できればいいのです。追い落とすチャンスはつかんだのですから、わざわざ殺す理由がない」

ドーレスが顔色を変えた。ヨハン暗殺の前提が崩れれば、ドーレスは亡命の手土産を用意できなくなる。おそらくロラント侯は、今後もヨハン暗殺のチャンスは来るとドーレスを言いくるめていただろう。

「ヨハン様は大変心配しておられます。このままではドーレス議員が、ヨハン様暗殺の罪をかぶせられて投獄されるのでは、と」

ノアは低く、静かな口調で言う。これがヨハンなら慈愛を含んだ声音とまなざしを使うだろうが、あいにくこちらは役者ではない。

「そんなバカな……！」

動揺を隠しきれなくなってきたドーレスに、ベンジャミンも告げる。

「ヨハン様を完全な悪者にして失脚させたいなら、ヨハン様を狙っていた犯人を挙げて一件落着させておいた方がいいですよね～。ロラント侯たちからしたらうってつけの人物だよ、あなた」

「ドーレス議員、先日ヨハン様はおっしゃいましたね。信頼していると、困っているなら力になると」

ノアはたたみかける。

「ヨハン様のことです。いずれ、どんな手を使っても軟禁を解いて自由となるでしょう。そのとき、あなたの罪は糾弾される。それならば、身の振り方を考えるべきときは今。あらためてヨハン様に忠誠を誓うのです」

ヨハンが本質的にドーレスを許すことはない。裏切った者は何度でも裏切るからだ。

それでもノアは敢えて言う。

「最後までヨハン様の信頼を裏切るおつもりですか？　ドーレス議員」

ノアの言葉にドーレスがぐっと息を飲み込んだ。ドーレスもまた、すべてが露見したときに許されるとは思っていないだろう。しかし、今なら投獄は免れるかもしれない。

次にノアを見た顔は、覚悟を決めていた。

「……わ、わかった。私がすべて間違っていた。ヨハン様につく」

「それはよかった！」

笑顔を見せたのはベンジャミンだった。こういうとき、明るいタチのベンジャミンがいてくれて助かったと思う。取引成立とはいえ、この男はヨハンの命を狙っていた。そんな相手に、ノアは硬い表情を崩すことができないからだ。

「では、場を整えてお話しをしましょう」

「傭兵たちは縛らせてもらいますよ。暴れられると面倒だからね。医者は呼んでもいいけど。あと、重要な証言者も連れてきてもらわないとなあ」

ドーレスはもう腹を決めたようだ。ノアらに反論することもなく、執事にすべてを命じた。

第十章

決着

議会の再開はヨハンの睨んだ通り、二日後の午後だった。

貿易関税法改正案について、ヨハン不在のまま再審議が行われ、破棄か表決かが決まる。表決になったとしても、ヨハンが疑いをかけられ拘束されている現状は非常に不利であった。

正午過ぎ、議会が開かれた。この日、ノアはドーレスの座る席の後方に待機していた。騎士の姿は珍しいが、近衛兵はもとより何名も議会内に配置されているし、ヨハンの大叔父・ヘルベルト国務大臣には従士として騎士がついている。

議長を務めるのはエディンガー議員。メルテの大貴族出身だが、非常に中立的な考えの男だと聞いている。

議会開始と同時に、貴賓席に観覧者が現れた。供を連れて、席についたのはロラント侯だ。写真では確認しているが、実際に顔を見るのは初めてだ。四十代半ばといったところか。がっしりとした大柄の男である。

議事が進む。終盤となった頃合いに、貿易関税法の改正が挙げられた。

「本件についてはヨハン王子が主導していました。ヨハン王子不在の今、再審議が必要かと思われますが」

議場がざわつく。いまだ拘束されているヨハンに、議員たちが不審を覚えてもおかしくはない。

「再審議は不要では」「破棄が適当」そんな声がノアの耳にも届き始めた。

そのとき、声をあげたのはドーレスだった。

「ヨハン王子がお戻りになるまで、審議は止めるべきでしょう」

おそらく、これはロラント侯にとっては想定外だった。貴賓席でロラント侯が険しい顔をし、供の者に何かを言いつけているのが見える。

ロラント侯の目論見では、ドーレスはここで改正案破棄の後押しをする予定だったのだ。

「ヨハン王子が説いた法改正の要は、メルテン連邦を豊かにすること。非常に有益なものであると確信しております。ヨハン王子のお身柄が王宮に預けられているのは誠に遺憾ではありますが、議会に戻られてから再考する方がよろしいでしょう」

「ヨハン王子には背信の疑いがかけられていると」

「まさか、あのヨハン様が」

ドーレスの言葉に様々な反応がある。ロラント侯の顔が険しくなる。ドーレスの裏切りは充分伝わっただろう。ここからは何があってもいいようにノアも備える。

議員たちのざわめく声に、エディンガー議長もしばし様子を見ていたが、このままでは先に進めない。「静粛に」と声を張り、判断の参考にと国務大臣を見やった。

そのときだ。

議場の扉が大きく開け放たれた。

「やあ、遅くなりましたね」

逆光の中現れたのは、ヨハン・レオナルト・メルテ、その人だった。

間に合った。ノアは心中叫び、力強く拳を握った。

議場はどよめき、それからわっと歓声があがった。ヨハンを信じる者がこの場に多くいる証拠であった。

ロラント侯が目を剥き、あからさまに動揺しているのが見て取れる。

「あらぬ疑いをかけられ、事情聴取をされておりました。いやあ、ひどい目に遭いましたよ」

ヨハンは後ろにドミニクとジェイデンを従え、議場の階段を下り、議長の前までやってくる。いつもの調子で、亜麻色の髪をかきあげ、議員たちを見回した。

「おかげ様で疑いはすっかり晴れました。お、ちょうどいい方がお見えだ」

ヨハンの視線を皆が追う。貴賓席にはロラント侯がいる。

「これはこれはロラント侯、私を失脚させるために色々と画策されてお疲れ様でした。すべて骨折り損になってしまったようで、残念でしたね」

ロラント侯がたじろいだように見えたのは最初だけで、それからなんでもないといった憮然《ぶぜん》とした表情に戻る。

「皆さんにわかるようにご説明しますが、ロラント侯は私がバルテールと通じている証拠を持ってわざわざメルテにお越しになりました。偽の書簡と偽の証言者でしたが」

「何が偽なものか」

ロラント侯が初めて声を発した。大柄な身体に似合う大音声で、議員たちが驚いて見やるくらいだ。

「バルテールの印章は偽造できるものではない！」

「あなた自身がバルテールと通じていれば、偽造できます」

そう言うヨハンはジェイデンから受け取った紙束をばさりと掲げて見せる。

「私の部下らがロラント領国で調査してきてくれました。ロラント内で出回っているバルテール産の食物、工芸品、衣類……それらの輸入帳簿です」

カイとオスカーは今朝がた戻った。そのまま証拠を手にドミニクらと王宮内務に走ったのだ。ヨハンの釈放は、この物的証拠にかかっていた。

「ずいぶん、バルテール帝国とは親密な関係だったご様子ですね。また、カナアン経由でバルテール産の麻薬の流入も確認できました。斡旋していた娼館の取引帳簿がこちら」

「そのようなものはでっちあげだ！」

怒鳴ったロラント侯の目には、先ほどヨハンが現れた扉から入って来る小柄な女の姿が映っただろう。ベンジャミンが連れてきた女はマージ・カッサリン。ドーレス邸に監禁され、命の危機すら覚えていたマージは、すでに自身の身を守る方法を知っていた。真実を話し、ヨハンにつくことだ。

「マージ・カッサリンと申します。ロラント娼館組合の長をしております。その帳簿は本物です」

マージはヨハンの前に両膝をつき、頭を垂れて懺悔《ざんげ》した。

「ヨハン王子、誠に申し訳ございませんでした。ロラント侯にそそのかされ、麻薬の流入を進め、あなた様を陥れる偽の証言をしました」

そこにドーレスが立ち上がり、進み出た。

「私もです。ロラント侯に懐柔され、あなたを害そうとしました。これがロラント侯からの書面です」

議場のどよめきはピークとなっていた。メルテの有力議員が罪を告白し、証拠を提示したのだ。

「マージ・カッサリン、ドーレス議員、真実を話してくれてありがとう。あなたたちが再び、私を信頼してくれることを嬉しく思う」

ヨハンは真摯な瞳で彼らを見つめ、それからロラント侯を見据えた。

「ロラント侯、あなたの狙いは貿易関税法改正案の破棄。ロラントに目をつけていた私の失脚。企みはすべて暴かれましたよ。敵国と通じ、最前線の兵士に麻薬を蔓延させた。メルテン連邦への背信は明らか」

「馬鹿な、私は……」

ロラント侯が立ち上がり、後ずさったところにどやどやと近衛兵らが議場に入ってきた。

「連邦軍の兵がこの議会堂を包囲しております。残りのお話しは軍本部で願います」

ロラント侯が連行されていき、マージとドーレスもまた近衛兵らの付き添いで退場していった。

「ヨハン」

いまだざわめきが収まらない議場を静粛にさせたのは国務大臣ヘルベルトの声だった。

「おまえに非がないことがわかった以上、法案の表決はこの場でいいな」

「はい、それこそ望むところです」

議長のエディンガー議員がハッと自分の役目に立ち返ったように声をあげた。

「では、貿易関税法改正案の表決に移ります」

ヨハンによる国内浄化の法案は、圧倒的な支持で可決されたのだった。

議会が閉会し、ヨハンは国務大臣らに事態をあらためて説明した。議会をロラント侯追及の場にしたことも詫《わ》び、ひとまず議会堂内の控室に入った。普段利用しない控室に入ったということはそれだけ消耗しているのだろう。軟禁状態と取り調べの疲労、何よりどう動くかわからない事態の連続に緊張感が続いていたに違いない。

ドアを閉めた途端ぐらりと身体がかしぎ、ヨハンが膝をついた。

「ヨハン様！」

「少々お待ちを！」

ニコラウスが水を取りに部屋を出ていき、隣にいたカイが咄嗟につかんだ腕を離し、隣にかがみこんだ。ノアは駆け寄り、膝をついてヨハンを支える。

「今、馬車を回しています。離宮にお戻りになったらゆっくりお休みください」

ドミニクら四人が帰城の準備をしている。体調はどうだろうか。一刻も早く、慣れ親しんだ離宮に連れ帰らなければならない。

伏せた顔を覗き込み、助け起こそうとした瞬間、後頭部に手を添えられ引き寄せられた。

唇と唇が触れたのは一瞬。ノアはそれがキスであるということすら理解できなかった。

「やっと会えた。会いたかった」

そのまま抱き寄せられ、絞り出すような声が耳元で聞こえた。カイが少し離れて苦笑いしているのがヨハンの肩越しに見える。

「ヨハン様……」

「男でも女でもなんでもいい。俺と結婚しろとも言わない。ノアにとっては仕事でもいい。だから、そばにいてよ。おまえが好きなんだ、ノーラ・エストス」

ノーラという名を、呼ぶ人はもうほとんどいない。

ああ、この人はやはりすべて知っていたのだ。喉の奥が熱くなり、呼吸が引っ掛かる。眦からは勝手に熱い塊が零《こぼ》れ落ちる。

愛し愛される未来など望んだことはない。男として生きる自分に、そのような未来は来ない。だけど、たったひとりと出会ってしまった。愛しい人と魂を重ねてしまった。

「私は……」

そこから先は言葉にならなかった。カイに見守られ、他のメンバーが駆けつけるわずかな間、ノアは涙の流れるに任せてじっとしていた。

第十一章

ノアの答え

晴れ渡った空には乾いた北風が吹いていた。メルテン連邦でも北に位置するロラントは、冬ともなるとメルテよりずっと寒い。

ノアは練兵場の兵士たちを丘の上から見物していた。隣にはカイがいる。

「再編部隊、まだまだ実働には時間がかかりそうだな」

カイが練兵場を見てつぶやき、ノアも頷いた。

「実際の戦闘経験者が少ない。領国の駐屯兵をやっていた者らに、最前線は荷が重いだろう」

「将校もね」

「だから、私とカイが明日からは練兵に参加する。銃士隊の小隊長だ」

「はは、なつかしいね」

ふたりは兵士の列を眺めた。強い風が土煙を巻きあがらせ、練兵場をかすませた。丘に吹き付ける風も強く、ノアは頬にまとわりついた銀髪を指で払いのけた。

ロラント侯の企みが暴かれ、ひと月が経っていた。

ただちにロラント領国には調査が入り、ロラント侯はバルテール帝国と通じていた罪で爵位はく奪の上投獄された。ロラント領国はメルテン連邦の直轄地となる。

ロラント侯は、長く連邦制度に不満を持っていて、バルテール帝国の力を借りて独立する目的があったようだ。独自貿易はその過程であり、麻薬蔓延は副次的であったと主張している。しかし、ロラント侯が兵権を持っていない以上、独立のため行動するときはバルテールの兵を借りなければならない。ロラントの要塞都市にいたメルテン連邦兵は敵となるのだから、弱体化の目的はあったに違いない。

ヨハンに目をつけられたことから、暗殺に動きだし、メルテ王宮と内通してからは失脚を目論み動いていたようだ。王太子従士の短剣も、兄弟の仲違いを狙ったものらしい。おおむね、ヨハンらの想像通りである。

ロラントでもこの件に関わっていた者は処罰され、マージ・カッサリンは投獄こそ免れたものの店は接収された。ただ、新たにメルテン連邦の直轄地となるロラントでは、彼女の後継者たちが公営の娼館を持つことが許された。

ドーレス議員も伯爵位をはく奪されたが、投獄はされず、家族ともども南のサウライ領国の預かりとなった。メルテ王家の分家が領主を務める土地だ。第二王子暗殺未遂犯としては寛大な処遇だっただろう。

王宮の王太子一派については、公の処断は何もない。フリードリヒの側近でもごく一部の動きであり、彼らの主張は『ドーレス議員とロラント侯に担がれた』というもの。偽の証拠をつかまされ、王宮内務にヨハン背信説を唱えてしまったというのだ。軍に働きかけたのも偽の証拠のせいで、自分たちも被害者であると主張している。表向きの処分はできない。これもヨハンの想定内だ。

しかし、ヨハン曰くフリードリヒ王太子はこれら一連の流れをよく把握しているそうだ。

『フリードリヒ兄さんは、自分の側近でも容赦しない。もうひとつ、ふたつ何かをやらかせば、連中こそ立場をなくすよ』

それならどうして今回、王太子は早々に助け舟を出してくれなかったのだろう。ノアらの疑問にヨハンはなんでもなさそうに笑った。

『実の弟だからこそ、甘やかしてもらえないんだよ。どうやって切り抜けるか見てたんだろ』

なんとも底知れぬ兄弟の絆を見てしまい、護衛班六名は苦笑いをするしかない。

ヨハンは、直轄地ロラントの再建に先日現地入りをした。向こうひと月ほどはロラントの運営に尽力するだろう。秘書のニコラウスとノアら護衛班六名も併せて現地入りしている。

体力自慢のベンジャミンとオスカーは、兵士や石工に交じり要塞の補強工事を手伝っている。ドミニクとジェイデンはヨハンの警備を続け、ノアとカイは来週から臨時の将校として練兵に参加する。麻薬の蔓延もあり、ロラントの駐屯兵らは総異動となった。各地からの兵士で再編成された部隊は、お世辞にも前線で戦える練度ではない。

バルテール帝国とはここ数年、小競り合い程度の戦闘しかないが、それでもこの程度の兵では負けるだろう。

変わりゆくロラント。ノアは練兵場の反対側に広がる街を見渡した。

薄暗く汚かった市場は解体され、新たによみがえる。路上に麻薬売りは立たないし、娼館もメルテン連邦に管理された場所となる。老朽化した要塞都市の防壁は修繕され、練兵も盛んになる。

ここに住まう人の暮らしはそう変わらないかもしれないが、街が整備され、敵国の暗い影を落とすことが減れば、それはきっといいことだ。

ただノアは思う。やはりここは、エストス領国のいつかの未来かもしれない、と。

エストスもいつこうして直轄地化されるかわからない。現在のノアにできることは限られている。

(やはり、軍での地位を上げなければならない)

愛する故郷を守るため。いずれ弟が領主となったとき、遠くからでも支えられるように。

「ノア」

呼ばれて振り向くと、向こうから丘を登ってくるヨハンの姿。徒歩で供もつけていないので、ノアとカイはぎょっとした。

「ヨハン様、おひとりでどうされたんですか」

カイの非難めいた声に、ヨハンは明るく笑う。

「ここでは案外、俺の顔って割れてないんだよね。休憩だし、ノアに会ってくるって言ったらドミニクもジェイデンも行かせてくれたよ」

カイが「ほぉ」とじと目でこちらを見るので、ノアはなんと答えたものかわからない。実を言うと、ひと月前のキス以来、ノアとヨハンはふたりでじっくり話す時間が持てないでいた。多忙すぎたのが大きな理由だが、どちらもなんとなくふたりきりになるのを避けていた。

「ヨハン様……あの」

「そんなわけでちょっとノアを借りてもいいかな、カイ」

言い淀むノアより先に、カイに確認を取るヨハン。カイはふうとため息をついて頷いた。

「もう邪魔したくないんで。いいですよ」

「ありがと」

言うなり、ヨハンはノアの手首をつかみぐいぐいと引きながら歩き出す。

「待ってください。話なら、ここで」

「ふたりきりになりたいって気持ち、カイの方がわかってくれたけどなあ」

「ふたりきりって！」

「変なことはしないから！」

この前したではないか。ノアはそう思いながら、どんどん頬が熱くなっていくのを感じた。キスをされた。たった一回だったし、感触もよくわからなかったが。

手を引かれ到着したのは古い物見台だった。老朽化で使われていないのか、近くの樹木に半分以上浸食され、物見台は枝葉に隠れている。

「ここの上」

「上れますか？　床が抜けそうですが」

「大丈夫。俺、この前上ったから」

どうやらヨハンのひとり歩きは頻繁のようだ。万が一床が抜けたら、ノアがヨハンを抱えて下りればいいだけ。ため息をついて、ノアは先に梯子を上り出した。安全確認のためだ。

先に台の上に到着したノアは続いて上ってくるヨハンに手を貸し、引っ張り上げた。

「いい景色ですね」

ロラントの練兵場はもちろん、街が見渡せる。さらに北側には、要塞の防壁の向こうにバルテールの荒涼とした平原が見えた。その向こうの山野を越えたずっと先が、バルテールの首都となる。

「やっと話す時間が取れた。……っていうか、ノアの返事を聞く勇気が湧いたっていうか」

ヨハンがロラントの街を見渡しながらつぶやいた。手すりにはもたれない方がいいだろうと思いながら、ノアは横に並ぶ。

「私が……女であることは、いつからお気づきだったのですか？」

「挨拶に執務室に来てくれただろ。あのとき」

最初も最初だ。ノアは驚いて、ヨハンを見やる。

「酒場で会ったときに、違和感はあったけれどね。確信してから、ヴィーゲルト殿に答え合わせはしてもらったよ」

「ヴィーゲルト様はエストスを慮って私を男としたのです。メルテン連邦への叛意はございません」

「もちろん、わかってる。エストス領国の立場的に、バルテールからの強引な併合とメルテの干渉を防ぐにはそれしかなかったんだろ」

ヨハンは一切気にしていない様子だ。物事の真偽を見極める目を持つヨハンには、ノアやエストス領国が敵意を持っているように見えないのだろう。

「女であることを理由に私を護衛班から外すこともできたはずです」

「その必要がなかったから。ノアが優れた兵士であるのは知っていたし、護衛班の業務に差し障りが出るとも思わなかった。実際に俺を銃撃から守ったのはノアだろ」

ヨハンはそう言うとふっと柔らかく笑った。

「俺はあの瞬間、おまえに惚れてんの。正確な判断、度胸、腕。頭もよくて、俺と同じものの見方をする。おまえが男でも、たぶん好きになってる」

「あなたは……その博愛なのですね」

「ノア・クランツという人間を好きになったんだよ。男でも女でも関係ない」

ヨハンはノアの腕を引く。並んでいたふたりは、向かい合う格好になり互いの目を見た。

「あの日の返事を聞かせてほしい」

「ヨハン様」

「そばにいてほしい。どんな形でもいい」

返事を心の中に用意していないわけではなかった。ただそれを口にしていいのかわからなかった。王子相手に不敬であるという理由ではない。ノア自身の問題だ。ノアのこれまでの二十二年間をかけた問題なのだ。

ノアは菫色の瞳を見つめた。わずかに傾いた冬の日を受けて、菫色の瞳は複雑な色をしていた。至極の宝石があるとしたら、きっとこのような色をしているのだろう。

この人には正直でありたい。

ノアを理解しようとしてくれる男。ノアが心から惹かれたたったひとり。

「ヨハン様、私は騎士を辞める気はございません。女として生きる道を今更選ぶことはしません」

ヨハンが静かに頷いた。

「家族と故郷のための二十二年間でした。それでも、兵士として生きる自分が好きでした。能力だけでここまでのし上がったことを誇りに思っています」

「ああ」

「それでも」

ノアは言葉を切った。ここから先は初めての経験となる。大事な気持ちを相手に伝えるのだ。あやまたず、すべて。

拳を握り、ノアは顔をあげた。

「あなたが好きです」

ヨハンの見開かれた瞳と視線が絡んだ。ノアはくしゃっと顔をしかめ、必死に告げる。

「初めて他者を恋しいと思いました。あなたを想うと胸が苦しくなりました。あなたが捕らえられたときは、生きた心地がしなかった。このまま、もう二度と会えなくなるのではと……」

言葉の途中で抱き寄せられた。ヨハンの腕は今までになく力強く、絶対に離すまいという意志を感じた。

「ノア、好きだ」

言葉が、真心が、全身にしみわたる。ノアは涙ぐみ、ヨハンの首筋に顔をうずめた。

「ヨハン様、この先も私は男としてあなたのそばにお仕えします」

「それでいいよ。ノアがいてくれて、俺を好きならそれでいい」

「あなたの隣にいたい。あなたの見るものを私も見たいのです」

「ああ、そうしてほしいんだ」

それはきっとともに見られる夢。同じものを見て、考え、進んでいく。未来を切り開いていく。ノアが見つけたもうひとつの役目だ。

「あなたのおそばにいます」

ノアの絞り出すような声にヨハンの抱擁が強くなる。愛しい。人は愛を伝えるために抱擁をするのだ。それが身を持って感じられた。そして、自分をかつて抱きしめてくれた父と義母、可愛い弟を想った。愛はなんて心地いいのだろう。

「だけど、ノア。ひとつだけ許可がほしい」

ヨハンがわずかに身体を離し、ノアの顔を覗き込んだ。幸福で上気した頬とはにかんだような微笑みに胸の高鳴りを覚える。この男にこんな顔をさせているのは自分なのだと、ぞくりと背筋が震えた。

「許可とは、なんでしょう」

「キスをする許可」

言うなり、ヨハンの唇がノアのそれに重ねられた。柔らかいキスはすぐに終わったが、今度ははっきりと感触がわかった。頬に熱さを覚えながら、ノアは不満の表明に、眉間にしわを寄せる。

「まだ許可を出しておりませんでしたが」

「あはは。いやあ、気が急いちゃって。もう一回、仕切り直す？」

「仕切り直しは結構です」

そう言うなり、ノアはヨハンの襟をつかんだ。少々強引ではあったが、そのまま自分から口づける。

いっそう冷たい風がふたりの髪をなぶる。物見台に半分かぶさった枝葉がざざっと大きな音を立てた。

重ねるだけのキスは長く、やがてヨハンの腕がいっそうきつくノアを包んだ。

エピローグ

メルテ城下西の酒場〝虎と獅子亭〟は、ひときわ賑わっていた。

今日はたまにやってくる亜麻色の髪の青年が、仲間を連れて飲みにやって来ているのだ。店の客たちにも一杯振る舞うと景気のいいことを言ったので、店はどんどん客が増え、まだ日も沈み切らないうちから大盛況である。

どうやらこの青年、ある大商人の息子らしい。

店内は満員御礼。外で酒樽をテーブルにして飲み出す連中にまで酒は振る舞われ、虎と獅子亭は向こう何日分かの利益が出たことだろう。

当の青年は、親しい仲間と奥の個室で酒を楽しんでいる。なんでも今日は大仕事が終わっての慰労会だそうだ。青年もすこぶるいい男ぶりだが、仲間たちもまた見目のいい男たちだった。若くて背の高い青年に、気の優しそうな青年。薄い金髪の双子に、屈強な青年。銀髪の美しい青年……この男を店主は見たことがあるような気がするが思い出せないでいる。

「じゃんじゃん、頼む。みんなよく食うからね」

気前よく注文し、客にも酒を振る舞う上客に、店主は考え事をやめて「はーい、ただいま」と威勢のいい声をあげるのだった。


「はい、みんなお疲れ様ー！　かんぱーい！」

ヨハンが勢いよくグラスをぶつけてくる。護衛班六名は酒の入ったグラスをぶつけ返した。

本日はヨハン主催の城下お忍びツアーである。

全員、ひと月半のロラント出向を終え、先日メルテに戻ってきたばかりだ。今日は昼前から離宮で、使用人たちや離宮警備の近衛兵らに食事と酒が振る舞われた。

ヨハンの警備体制が強固になってから、使用人たちはあらゆる面で負担が増えていた。近衛兵らも暗殺に備えて、緊張の途切れない日々だっただろう。彼らをねぎらう目的の宴会は大盛り上がりだった。

このあたりから、ヨハンとベンジャミンの作戦は始まっていたようである。

ターゲットは城下脱出の一番の障壁、ニコラウスだ。ヨハンはがっちりと隣について、どんどん酒の酌をした。

ニコラウスは最初こそヨハンに「あなたはもう少し慎重に」とか「ご自身を過信しないように」などとお小言を食らわせていた。しかし、ヨハンに「全部、ニコのおかげだよ」と素直な感謝を見せられたら気が緩んだらしい。あっという間に酔いつぶれてサロンのソファで眠ってしまった。

夕刻には解散となり、ヨハンらは酔って自室に入ったふりをし、着替えて城下に脱出した。

正直に言えば、ノアは嫌だった。あとあとニコラウスにバレるのは必定。大の大人が七人、雁首そろえてニコラウスの説教を食らうことになるのだから。

ともかく、ヨハンと護衛班の六名は城下に降り立ち、平民のふりをして虎と獅子亭に入ったわけである。

「は〜、色々終わった〜。また平常通りだけど、よろしくね〜」

ヨハンはすっかり緩み切った様子でグラスをあおっている。昼から飲んでいるのに、まったく顔色が変わらない。最初の寝ずの晩の日、ほろ酔いのヨハンを見ているはずだが、どうもあれは演技だったと思わざるを得ない。ロラント潜入の夜も、今も、底なしの勢いで飲んでけろっとしているのだから。

見回すと、他のメンバーもそれなりに飲めるようだ。

ノアは昼の宴会は飲まずにいたが、さすがに今は仕方なくちびちびと一杯目の酒を口に運んでいる。酔う前に、眠くなってしまう体質なのだ。

「ヨハン様、俺たち、このまま六人で護衛班を続けていいんですか？」

尋ねたのはベンジャミンだ。ヨハンより飲んでいると思うが、こちらもまったく顔色に出ていない。

「暗殺を狙っていた連中は、全員捕まえちゃいましたもんね！」

元気に言うのは真っ赤な顔をしたオスカーだ。酒に慣れていないようで、飲んではいるが、頬から耳まで赤い。口調もふわふわしている。

「基本的には、俺たちの任務は続行だ。ヨハン様は第二王子、従士が六名でも少ないくらいだろう」

ドミニクがいつもと同じ調子で言い、ヨハンがへらへらと頷いた。

「そうそう。六人で俺を守ってよ～。あ、でもたまには、こうやって俺が遊びに出るのを許してほしいなあ」

城下を歩き回りたいというヨハンの希望に、ノアは冷たい視線を送ってしまう。きりりとしていれば誰よりも格好いい人なのに、どうしてこう自覚のないことを言うのか。さらに、チャラチャラへらへらと遊び人のように見えてしまうのはどうにかした方がいいのではないか。

すると、ドミニクが真顔で言った。

「その際は、ノアをお連れください」

「は!?」

誰より早く反応したのはノアだ。護衛班のメンバーはノアとヨハンの関係をほぼ把握している。

しかし、面と向かって報告したわけではないのだ。

「まあ、たまにはデートした方がいいかもね。若いふたりだし」

ジェイデンが白い面で言う。呆れたような、馬鹿にしたような目線はいつも通りだが、ノアの反応を明らかに面白がっているのがわかる。

「ええ!? いいの？ そんなのいいの？ どうしようっ！」

ヨハンが両手を口元に当てて、少女のようなあざとい仕草で周囲を見回すので余計にノアは腹が立ってきた。完全にふざけている。

「カイもそれでいいよなあ」

ベンジャミンに尋ねられ、ノアは隣の幼馴染をハッと見た。すると、仏頂面のカイがヨハンと自分をじとっと見ているではないか。

「カイ……」

「カイ、おねがぁい」

しなを作って言うヨハンに舌打ちでもせんばかりのしかめっ面で、カイが答えた。

「夕方までには戻るんですよ！」

瞬間、ノア以外の全員が爆笑した。酒が入っているからとはいえ、何をしてもおかしいモードに入ってしまっている。

困った連中だ、と思いながら、数ヶ月でなんとも居心地のいい居場所を手に入れてしまったなとノアは感じていた。このメンバーでこれからもやっていけるのだ。命を預け合い、大事な主を守るのだ。それは純粋に嬉しい。

ふと見ると、爆笑しているメンバーの中からヨハンが熱のこもった視線でノアを見つめている。席が隣り合っていれば、手くらいつないできそうな愛情あふれる視線にノアはすっかり狼狽してしまった。

こんな一瞬も深い愛を感じる。

きっと、ノアの戸惑いも喜びもヨハンに届いてしまっているだろう。

「もう！　ヨハン様とノアさん、見つめ合うのはふたりきりのときでお願いします！」

オスカーが真っ赤な顔をさらに赤くし叫び、メンバーはまた大爆笑となった。今度はノアも、ほんの少しだけ笑ってしまった。

〈了〉

番外編

オスカーによる聞き取り調査

オスカー・グリッケは、ヨハン・レオナルト・メルテ王子の護衛班では最年少の二十歳である。

商家の三男に生まれ、家業を継ぐ男は足りていると士官学校に追いやられたのは十五になる年。それから五年、持ち前の身体能力と明るく素直な心根で立派に成長し、このたび騎士の叙任を受けた。

あの若手有望株のドミニク・ハインミュラーを三ヶ月も上回る最年少の叙任だ。オスカーは自身の前途を非常に明るいものだと感じ、実際第二王子の護衛班に任じられたことも誇りに思った。

主となったヨハンは朗らかで精悍な、凛々しい王子。年上の同僚たちも皆、立派な経歴の騎士たちだ。そんな中で、オスカーの目を引く存在がノア・クランツだった。

男性というには美しすぎる容姿をした彼は、鍛えているようではあったがメンバー内では一番小柄で華奢だった。

優秀な戦績は聞いていたが、果たしてそれは本当だろうか。噂に尾ひれがついたのではなかろうか。そのくらい、屈強な兵の中では線が細い。

もちろん、素直で純真なオスカーが疑いの目を向けることはなかった。ただ何かあったとき、頼りになるとは認識していなかった。

まさかそのノアが、馬の鞍で銃弾を受けるような豪放な男だとは思いもよらなかったのである。

一緒に過ごせば過ごすほど、ノア・クランツは誰より禁欲的で勇ましい兵士だった。空いた時間は鍛錬にあて、仕事中は一切の隙がない。乗馬や銃の扱いがうまく、敏捷で体格以上の膂力がある。

尊敬すべき騎士であると感じ始めたときだ。……実はノアが女性であると偶然知ってしまったのは。

ノアとその幼馴染のカイには内密にと頼まれた。もとより誰にも言うつもりはなかったが、秘密の仲間に入れてもらって嬉しかったのを覚えている。

尊敬の気持ちは変わらない。しかし、ノアが女性であるという認識はずっとオスカーの心にあり、ノアが女装をしなければならなくなったときは激しく狼狽した。

女性の姿のノアはえも言われぬほど綺麗だった。筋肉質で引き締まった肢体、薄くさした紅、いつもは結ばれている銀色の髪が背や胸元に散っていて、そんじょそこらの令嬢では太刀打ちできない美しさだった。

思えばあのとき、オスカーはノアにほのかな恋心を抱いたのだ。

しかし、その気持ちを自覚するより先にオスカーは気づいてしまった。ノアと主・ヨハンの間に流れる濃密な空気に。

恋人同士のそれではない。想い合い、惹かれ合う運命のじれったくも確定的な空気が、ふたりにはあった。

実際、ヨハンはわかりやすく愛情を示していた。優しい視線を投げ、からかうような言葉を紡ぐ。ノアの反応をじっと待っている。ノアはそれを拒否しつつ、どうしようもなく惹きつけられているように見えた。

やがて法改正を乗り越える頃には、ふたりの絆の深まりは傍目でもわかるようになった。周囲も自然と祝福ムード。ようやくオスカーは自分自身の気持ちが淡い恋であったのだと気づいた。

しかし、時すでに遅し。張り合ったり、気持ちを伝えたりする余地はもうない。

ヨハンとノアはオスカーの目から見てもお似合いで、そして何よりオスカーはふたりが好きだった。好きなふたりに愛が芽生えたなら、それは喜ばしいことである。

わずかに残る寂しい気持ちは、いつか消えてなくなるのだろう。

「はあ……」

この日、サロンで頬杖をついてオスカーはぼんやりしていた。それこそ、ヨハンとノアの進展に思いをはせていたのである。先ほど、ふたりはともに厩舎で馬の世話をしていた。王子と騎士が自らである。使用人たちが気を遣っていたが、オスカーはふたりに任せていいと言って人払いをし、自分もサロンに戻って来たところだ。我ながら、なんて気が利いているのだろう。

「よお、オスカー。厩舎、見た？」

隣の席に無遠慮にどっかりと座ったのはベンジャミンだ。プラチナブロンドで整った中性的な顔立ちだが、表情はいつもいたずらっ子のそれだ。

「見ましたよ。っていうか、ふたりきりにしたのはオレです」

「あはは。切ないなぁ。オスカーはノアに憧れてたもんなぁ」

オスカーはベンジャミンの方を見て、不満げに顔をしかめた。口にしていない気持ちを見透かされ、嫌な気分だったからだ。

この様子をソファで見守っているのはドミニクで、知らん顔して本を読んでいるのがジェイデン。喧嘩にでもなれば仲裁に入るだろうが、オスカーが温厚なのはふたりとも知っている。

「別にどうこうなりたかったわけじゃないです。オレは尊敬しているって意味で、ノアさんを……」

「尊敬ねえ。っていうか、オスカーは偶然がなかったら、ノアが女だって最後まで気がつかなかったんじゃねえの～？」

なおもベンジャミンがからかう口調で言うので、オスカーはムッとした。

「普通、気づきませんよ。ノアさんの男装、かなり完璧だと思います。現に七年間、男の集団にいてバレなかったわけですし」

言い訳のようになってしまったが、自分だけ鈍感だとは言われたくないし、偶然知ったからその流れで恋に落ちたというような言い方はされたくない。

「だいたい皆さんはいつ気づいたんですか？　ノアさんが女性だって」

ジェイデンとベンジャミンがドミニクを見る。ドミニクが視線に気づき、「俺から？」と焦った声をあげた。

「う〜ん。厳密にいつとは言えないが、寝るとき以外は常に一緒に過ごしているからな。なんとなく、そうなのかな、と。確信したのはヨハン様の好意があからさまになってきたあたりかな」

「ヨハン様、わかりやすかったよなあ」

「僕らへのけん制でしょ」

ドミニクの答えにベンジャミンとジェイデンが言い添える。

「カイがピリピリしてたよな」

「あれは、あいつが過保護」

「カイってノアのこと恋愛対象で見たことないのかな？」

「まったく見られないって言ってたよ。前線にいた頃、水浴びや手当でお互いの裸を見ても、本気でなんとも思わなかったって」

「うわ、それ、ヨハン様に聞かせられないな」

双子がぽんぽん会話を脱線させるので、オスカーは修正を試みる。

「次はベンジーさん！　いつ、ノアさんの性別に気づいたんですか？」

「え？　俺は初めて会った日だよ」

「早いですね！」

オスカーが覚えている初対面のノアは、厳しい表情をしていて、どこからどう見ても男性だった。

「近づいたらすごくいい匂いがしたんだよ。優し～匂い。あれでわかった。絶対こいつ女子だって！」

「え、キモ」

ジェイデンは実の弟に、割とひどい言葉を投げつける。

「野性的すぎない？　匂いでわかるって」

「え、でもノアめちゃくちゃいい匂いしない？」

「普通でしょ。男くさくはないけど」

確かにベンジャミンの言い分はわかる気がした。ノアはそこにいるだけで清潔感があり、いい香りがするように思える。それだけで性別がわかったのは、ベンジャミンの感覚が異常ではあるのだが。

　ここでベンジャミンに同意するのは少々恥ずかしいので、オスカーはぐっと黙り、矛先をジェイデンに向けた。

「ジェイデンさんはいつ気づいたんですか？」

「うーん、カイとクッキー作った頃かな。後ろ姿とか骨格？　ノアはガチガチに鍛えてるけど、背中のラインや腰の丸みの女性らしさは消せないっていうか」

「フェチじゃん。それ、完全にジェイのフェチじゃん。視点がエロなんだよな～」

「はあ!?　匂いとか言うヤツに言われたくないけど？」

　双子のバトルが始まりそうなところをドミニクが「やめろ、やめろ」と仲裁する。

　オスカーの意見としては、同僚は案外他人に興味があるのだなというものだった。護衛班がスタートした頃は、全員個人主義の塊だと思っていたのに。

「まあ、オスカーは一番若いんだし、出会いなんてこれからいくらでもあるでしょ。いつまでも引きずってないで、元気だしなよ」

　ジェイデンが励ましてくるので、オスカーは慌てて答える。

「いや！　オレ、そんなにへこんでませんからね！」

「本当かよ～？」

双子に挟まれ覗き込まれ、オスカーはたじたじである。すると、ドミニクがあははと声をあげて笑った。

「まあ、安心しろ。騎士はモテるぞ。何もしなくても、女性の縁には事欠かない」

三人はしばし黙り、ドミニクをじいっと見つめた。

「……それって、ドミニクの経験上の話？」

ドミニクが瞬時に「失言だった」という顔をする。

ベンジャミンはわくわくとした表情になり、ジェイデンは呆れ気味にドミニクを眺めた。

「先輩騎士に色々教えてもらおうか、オスカー」

「そうだね。マネしない方がいいこともきっと教えてくれるよ」

双子とオスカーに囲まれ、ずいずいと詰め寄られ、ドミニクはひきつった顔で「勘弁してくれ」とつぶやいたのだった。

番外編

恋人たるもの

休日にふたりで城下に出よう。

それはかねてヨハンに誘われていた。やっと想いが通じたとはいえ、ヨハンにもノアにもそれぞれの立場がある。おおっぴらに一緒に過ごすことはできないし、時間ができてもほんのわずかだ。挨拶や仕事のことを話す以外に会話できない日もある。

ノアとしてはそれでもよかった。ヨハンのそばにいつもいられるし、彼の凛々しい姿は毎日見られる。たまに会話するとき、詳しく説明しなくても互いに意思疎通ができ、響き合う感じがいい。通じ合っているのだと実感する。

しかし、ヨハンはそれだけでは不満のようだ。

暇を見つけてはサロンにやって来て話しをしたがるし、散歩をしよう、銃の整備に付き合うなどと声をかけてくる。こちらを気にしなくていいと言えば、困ったように笑うのだ。

多忙な主が自由時間のたびに気にかけてやって来るのが、ノアには心苦しくもある。こちらを気にせず、好きに過ごしてほしい。ノアは隣にいるだけで満足なのだから。

「……いやいや、それは違うよ、ノアくん」

そろっての夕食時である。ふとしたはずみで、ノアとヨハンの現在の話になったのだ。ノアの説明に対し、ベンジャミンの言葉である。

ノアは何が違うのかと思うが、見れば自分以外のメンバーが残念そうな視線をこちらに送っているのだ。

「仕事の間だけでいいってさあ。好きならそばにいたいだろ～」

「鈍感だとは思ってたけど、恋人の気持ちわからなすぎじゃない？　ヨハン様かわいそ」

「ヨハン様はノアと時間を過ごしたくて、やって来るんだと思うぞ」

ベンジャミン、ジェイデン、ドミニクの順に言われ、ノアはむうと黙った。ヨハンのことはちゃんと好きだし、常に近くにいるので満足しているというだけなのだが。

「確かにノアはそのあたりは疎いというか。立場上、人の気持ちに配慮することを知らず、のびのび育ったもんだから……」

カイがまったくフォローにならないフォローを入れる。余計なお世話である。

「夜はどうですか？　今は誰も夜間の警備についていませんし、ヨハン様の私室に行けばふたりきりに……」

「馬鹿！　それはノアにはまだ早い！」

オスカーの提案をベンジャミンが口をふさいで遮った。

「え、もしかしてとは思ってたけど、まだそういう関係になってないの？」

ジェイデンが怪訝そうな顔で尋ねる。さすがにノアも意味がわかり、羞恥に赤くなりながら「詮索は無用だ」と唸った。

「現状維持で満足というノアの気持ちはわかった。でも、ヨハン様は寂しく思っているかもしれないぞ」

ドミニクが喧嘩になる前にと収拾をつける方向で話し出す。

「好きな相手と可能な限りともにいたいと願うのは自然な欲求だ。もちろん、人によってその感覚は微妙にズレがある。どうだ。ヨハン様とふたりでそのあたりの価値観をじっくり話し合っては」

「そうですよ！　あ、ふたりで城下に出かけるって約束があったじゃないですか」

「それだ。次の休みにふたりで行ってこいよ！　ニコラウスにバレないようにするのは任せろ！」

オスカーとベンジャミンに背中を押され、ノアは戸惑って答えに窮する。そんなことを言われても、こちらから誘えるものでもない。それに、一時的な危険が去ったとはいえ、ヨハンは王子だ。あまりふらふら出歩くのを容認するのはどうかと思うのだ。

「僕、これからヨハン様のところに用事がある。ノアも来な」

「ジェイデン、余計なことは……」

「カイ、いいよね」

ジェイデンはノアを無視してカイに確認を取る。カイは渋い顔で頷いた。

「日中だけだからな。遅くなるなよ」

その後、ノアはジェイデンに引っ張られるようにヨハンの私室に連れていかれた。執務室で読書をしていたヨハンに、ジェイデンの言うところの「護衛班の総意」として城下への外出が提案されたのだ。

ヨハンは喜色満面である。ふたりで出かけたいというのはかねてのヨハンの希望だった。その後押しをされ、もうすっかりご機嫌だ。

「次の休みだな。ノア、楽しみにしてるよ」

キラキラ輝く笑顔がまぶしく、ノアは否定の言葉など発せられなかった。

曲がりなりにもヨハンの恋人である自分が、この笑顔を守らなければならないのだから。

休日がやってきた。ヨハンの休日に護衛班は交代で休むのだが、今日はノア以外全員休みだ。ヨハンの身を守るのは、ともに外出するノアである。

名目上は恋人同士の外出であるが、主の外出の護衛と思えば自然である。

しかし、今日のノアは女性もののデイドレスを着用させられている。デコルテまでかかる大きなレースの襟にジゴ袖のドレスは薄青色で、上等な絹を使っているのがわかる。同じ色のボンネットに、靴。下着にコルセット。白い日傘まで用意されてしまった。これらは外出直前にヨハンがノアの部屋に持ってきたものだ。ノアはドレスに付属されていた着方のメモを見ながら、ドレスを着用したのだった。

ヨハンとともに、王宮の通用門を使って外に出た。通用門は王宮内での生活必需品や食品などを運び込む勝手口のようなところで、ヨハンはここを使うときは事前に門番の兵士に話を通しておくらしい。

なお、ニコラウスも今日は休みである。ヨハンの『今日は離宮から出ずに読書をして過ごす』という方便を信じて登城していない。

ともかくそうしてふたりは、城下脱出に成功したのだった。

「このような服、どうやって手配したんですか？　ニコラウスは知らないでしょう」

ノアはひらひらするスカートの裾をつまみ、ヨハンを見た。

「ニコ以外にもツテはあるんだよ。ノアに似合いそうだと思って青を基調にしたものを選ばせたんだけど、想像以上に似合う。綺麗だよ」

いったい、どんなツテを使ったのやら。メイドでも誑《たぶら》かして買いに走らせたのではなかろうか。着方のメモも、女性の字だったように感じる。ノアはなんとなくもやもやする気分を押し込んだ。

「女装にはまだ慣れません」

ヨハンが腰をかがめ、ボンネットの中を覗き込んでくる。こうしないとノアの表情が見えないからだろう。

「やっぱり嫌だったか？」

「嫌というか、慣れないだけです。不自然な感じがします」

下着やコルセットまで着用するのは初めてだ。自分ひとりで着られたが、普段胸に布を巻くのと違い、ウエストを締めつけられる感覚は少々不快だ。靴もペラペラと貧弱で歩きづらい。

「誤解しないでほしいんだけど、俺は男でも女でもノアだから好きなんであって、女性の格好をさせたいわけじゃないよ。ただ」

「ただ？」

「こういうときでもないと、着る用事がないだろ。ドレスとか。試す機会はあってもいいのかなって思ったんだ」

「そうでしたか」

女性の服装など似合わないと思っていた。実際この姿が似合っているとは思えない。

しかし、一応は貴婦人に見えているのかもしれないし、それならば、ヨハンが連れ歩いても不自然ではないのだろう。

ヨハンはノアに、男性としての人生も女性としての人生も用意したいと考えているようだ。それは優しい恋人の気遣いで、ノアはその気持ちを嬉しくも思っている。

「たまに、でしたら」

「うん。今度はノアの好みのドレスを仕立てさせるよ。流行《はや》りのデザインでもクラシカルなスタイルでも」

「それでしたら、このドレスは少々動きづらいので、足がさばきやすい裾と、肩をあげやすい袖にしたいです」

「うんうん。すごくノアらしい」

ヨハンが腕を差し出してくるので、そっと腕を絡めた。

「こうやって歩きたかったんだ」

「並ぶと、やはり周囲を警戒しづらいですね」

「今はそういうのいいから」

ヨハンに連れられるままにやって来たのは中央地区の劇場だった。招待や視察で割合よく来るところだが、ノアが客として訪れるのは初めてだ。

「舞踊の公演をやっている。国外の舞踊家を招いているから、珍しいダンスが見られるよ」

ダンスにしろ、演劇にしろ、ノアにはあまりなじみがない。幼い頃、エストス領国にやって来た楽団の公演を見たくらいだ。

見れば、周囲は同じような男女も多い。昼公演なので、両親についてきた子どもの姿もある。

（恋人同士はこういうものを連れ立って見に来るのか）

舞踊はなかなか面白かった。ダンサーの身体能力やバランス感覚、研ぎ澄まされた肉体を見るのは楽しい。おそらく一般の観客とは着眼点が違うのだろうが、ノアはノアなりに楽しんだ。

その後はヨハンに連れられ、料理店で食事をした。以前、慰労会をした虎と獅子亭ほど庶民的ではなく、城下市民でも一定以上の層が利用するだろう小綺麗《こぎれい》な店だ。

出てきた肉のソテーやサラダも美味しい。離宮ではヨハンと同じ食事を用意されるため、いつも上質なものを食べてきた覚えがある。ここの食事も引けを取らない。

「美味しいだろ。行政府の職員から教えてもらったんだ」

ヨハンがお忍びで来ていた店のひとつなのだろう。

「美味しいです。城下市民もなかなか上等な料理を味わえるんですね」

「メルテの南側では畜産が盛んだろ。農作物も豊富だし、国民全員舌が肥えてるんじゃないか？」

「兵舎の食事は少々厳しいですよ。量は多いですが、味が濃くてよくわからない食材がたまに使われています。ぜひ、一度召し上がっていただきたいですね」

「え？　そうなの？　今度、近衛隊舎に連れてってよ。食べてみたいから」

デザートのプティングも、なかなかの味だった。ノアは離宮のメイドたちが作ってくれる焼き菓子の方が好きではあったが、ヨハンと向かい合って食べる甘味というのは、なんとも温かな気持ちになるものだった。

料理店を出て、夕暮まで間があるので散歩をする。

城下南地区に向かい歩きながら進路を公園の方向に取った。中央地区と南地区に隣接した大きな公園は、ヨハンの祖父の代に整備されたと聞く。メルテ自体は大きな国だが、城下は徒歩なら半日あれば東西地区の端までは行ける広さだ。

「劇場に食事、デートっぽいところを選んだんだけどどうだった？」

「楽しかったです。恋人同士はこういうふうに出歩くのですね」

「俺もそんなに経験ないから、なんとも言えないけど」

ヨハンとて年頃の若者である。城下を歩くうちに女性と恋仲になったり、もしくは王子として令嬢と会うこともあっただろう。そういった経験から、今日の予定を考えたのだろうか。

ヨハンに今まで相手がいたなどというのは当然だが、今更そのことに思い至り、ついむっつりと黙り込んでしまった。

「ノア？　疲れたか？　靴もコルセットも慣れなくてつらいんじゃないか？」

ボンネットの中を覗き込まれ、ノアは慌てて顔をあげた。

「重装備で戦場を行軍するよりつらくはありません」

「比較対象が一般的じゃない」

「あの、……大丈夫です」

「そっか。でも、ちょっと休もう」

遊歩道から木立に入るとベンチが点在している。大きなブナの木の横のベンチにヨハンと並んで腰かけた。

「ヨハン様、今日はありがとうございます。あの、確認したいことがございます」

今日話したかったことを切り出すチャンスだ。ノアは口を開く。

「恋人たるもの、パートナーのために時間を作り、なるべくふたりで過ごす時間を増やすべきだとお考えでしょうか？」

ノアの真面目な質問にヨハンがぶふっと噴き出した。何か変なことを言っただろうか。ノアは続けて言う。

「護衛班の皆に心配されました。ヨハン様は限りある時間を私のために割いてくださっているのに、私はそういった気遣いが見られない。それでは恋人同士として……」

「待って、みんなに相談したの？　ノアが？」

そのままヨハンは腹を抱えて苦しそうに笑っている。

「相談というか、話の流れでそうなっただけですが……。変なことを申しましたでしょうか」

「いや、もう。その真面目なところも可愛いんだけど、……そんなに真剣に考えてたの？」

ひいひいと言いながら、目尻の涙を拭いてヨハンが身体を起こした。

「ノアはどう思ってるの？」

「私は……おそばにいられるだけで……その、幸せなので、特にこれ以上望むべくもないのですが……。それではヨハン様に寂しい想いをさせると、皆が言うので」

面と向かって希望を聞かれると戸惑うもので、ノアはしどろもどろに答える。

ヨハンはうんうんと頷いた。まだ笑いをこらえている様子はあるのだが、ノアが真剣なので耐えているように見える。

「そういうのは、俺とノアで決めればいいんだよ。ふたりのちょうどいいを見つければいい」

「私にはわかりかねます。他者と恋仲になった経験はありませんし、あなたは……私の主です。気安い関係ではない」

「じゃあ、俺の希望を聞いてね」

そう言うと、ヨハンはノアの身体をそっと抱き寄せた。驚いて身を固くするノアの耳元でささやく。

「俺はずっとずっとノアといたい。朝も夜も一緒にいたい。向かい合って食事をして、同じベッドで休みたい。おまえの寝顔を見たいし、目覚めたときにおまえの声でおはようと言ってもらいたい」

気持ちのこもった甘いささやきに、気づけばノアは顔も首も真っ赤になっていた。湯気が出そうだ。

ゆっくりと身体を離し、ヨハンがノアの赤い顔を覗き込む。

「これが俺の本音。でも、俺とノアにはそれぞれ立場があるから難しい。それも理解してる」

ヨハンが望んでいる役目は、ヨハンの妻の役目だ。それをノアに求めている。考えてみれば当たり前だ。男でも女でも構わないとノアを望んでくれたのはヨハンでも、ヨハンの恋人に対する要望はノアに合わせられたものではない。

「そんな顔しないの、ノア。俺はノアが騎士のままでいいって言ったよ」

無意識に落ち込んだ表情をしていたようだ。ノアの頬をヨハンの大きな手が包む。

「だから、俺は空いた時間はノアに会いにいくんだ。ベンジーに冷やかされても、ニコとカイに渋い顔されてもね。俺が会いたいから行くんだよ」

「ヨハン様、私はどうしたらいいでしょう。あなたの想いに応えたいのに、方法がわからないのです」

目を伏せ、自身のふがいなさを感じるノアにヨハンが言った。

「ノアにとって今のままがちょうどいいなら、それでいいんだ。でもそうだなあ。ちょっとだけ、俺の希望に歩み寄ってくれるなら」

ヨハンは目を細め、優しく微笑んだ。

「たまにでいいんだ。夜、俺の執務室に遊びに来てよ。寝る前に少しだけ、話をしよう。ふたりきりで」

すぐに「変なことはしないから！」と付け足すヨハンを、心から愛しいと思った。王子という立場で、望めばある程度のものは簡単に手に入るというのに、たったひとりの恋人のためにどこまでも優しく心を砕いてくれる。

「はい。そうさせていただきます。お話しをしましょう」

自然と頬が緩み、表情がほころんだ。ノアのバラ色の頬にヨハンがいっそう嬉しそうに微笑み、ふたりの視線が絡む。ヨハンが改まった様子で言った。

「ノア、キスしないか」

ノアはびくりと肩を震わせた。確かにあたりにはひとけもないし、通りかかった人もブナの大木の陰にいる男女を容易には見つけられないだろう。

しかし、そう面と向かって言われると困る。気持ちを伝え合ったロラント以来、そういった接触はしていないのだ。

「以前は断りもなくされましたが」

「だから、今日は断ってるんだよ。ノアとキスしたいけど、ノアはどう思ってるのかなって」

紳士的というよりは様子をうかがう子どものようなヨハンの確認に、恥ずかしさと困惑が収まらない。声が出ないのでおずおずと頷いた。すると、ヨハンがノアの顎をくいと持ち上げる。

「ノア……」

その仕草がもう駄目だった。ノアはヨハンの腕をがっしりとつかみ、ぎりぎりと力を込めて顎から手をはずさせた。単純な腕力はノアの方が上である。

「え、痛い痛い。駄目？」

「あまりに手馴れていらっしゃるので」

「いや、経験なしとは言わないけどさ。そんなに遊んでないからね、俺」

その言葉につい、つかまえたヨハンの手首をさらにぎりぎりと握ってしまう。

「あたたた、手がちぎれちゃう」

「失礼しました」

「ええと、大丈夫。もう何年も女の子とこういうことしてないし、ノアに惹かれてからはノア一筋なんで。浮気もしないよ」

「そういうことを言っているのでは」

ぺらぺらと喋る口がふっと優しい笑みの形になり、次の瞬間ノアの唇と重なった。驚いたが、反射的に拒否はしなかった。ノアはなるべく力を抜き、目を閉じた。そのまま抱き寄せられ、ヨハンの温度と鼓動を間近で感じる。しっとりと柔らかい唇の感触と頬にかかるヨハンの髪。

愛する人とのキスは心地いい。身体中が満たされ、自分がほしかったものが何か実感を持ってわかる。

ゆっくりと唇を離し、鼻と鼻がぶつかりそうな距離でヨハンが見つめてくる。幸せそうな微笑みに、ノアの胸が熱くなった。

「合意のキスでよかったよな」

「……はい」

「もう一回してもいい？」

「はい」

キスに応えることで、この幸福な気持ちを伝えたかった。愛しているのだと感じてほしい。

柔らかく合わさった唇の心地よさに目を伏せると、異変が起こった。

ヨハンの舌が唇に触れたのだ。花びらのような唇の重なりをこじ開け、歯列を割って入ってくる。

思わず身を引きそうになると、腰をがっしりとつかまれた。ボンネットがずれ、ノアの銀糸の髪にヨハンが指をすき入れてくる。逃がすまいという強引な力に、驚いて拒否できない。

舌が口腔《こうくう》をじらすように丹念に動き回り、息すら飲み込まれてしまう。焦りと裏腹に、身体の奥にはずくんと疼《うず》くような感覚が芽生えていた。

なんなのだろう、この感覚は。羞恥と、抗《あらが》いようのない心地よさに混乱する。

愛しさと喜びがあふれ、もうどうなってもいいと一瞬頭の中が真っ白になった。

次の瞬間、ノアはヨハンの首に手を当て思い切り押し返し、力ずくでキスを中断していた。

嫌だったのではない。知らない感覚に対する本能的な防御反応だった。

そして目の前の愛しい恋人の急な行動に、驚きと裏切られたような恨めしさを覚えていた。ノアは息も絶え絶え、涙のにじむ真っ赤な顔でヨハンを睨む。

「あ……駄目……でした？」

へへ、と苦笑いするヨハンはやりすぎたと思っているようだ。ノアの手はいまだヨハンの首だ。

「聞いておりません！」

「ごめん！　ディープキスは要確認な！　次回から注意します！」

ヨハンはもう何もしませんというように、両手を顔の横にあげて笑っている。

「だから、お願い！　首が絞まっちゃうから手をどけて！」

ノアは手を下ろし、ざざっとヨハンから距離をとった。自覚外の反応に困惑し、まだ顔は赤いままだ。

「そういう初心なところも好きだけどね」

ヨハンは首を押さえて、やっぱり幸せそうに微笑んでいる。

懲りない……というより、寛容なのだ。ノアはじとっと恋人を見つめ、ぼそぼそとつぶやいた。

「私も、努力します。過剰な防衛反応はしないようにいたします。……ですので」

「うん」

「こういったことはゆっくりと進めていただけると……助かります」

ノアからの許しの言葉にヨハンがぱあっと表情を明るくした。

「わかった！　ノア、愛してるよ！」

抱きついてきたヨハンを片手でしっかり阻止し、ノアは赤い頬のまま必死の形相で答えた。

「私も愛しています」


ふたりが離宮に戻ったのはそれから間もなくで、待ち構えていた護衛班のメンバーに本日の首尾を事細かに聞かれるのだが、それはまた別の話である。

あとがき

こんにちは、砂川雨路です。『純潔の男装令嬢騎士は偉才の主君に奪われる』をお読みいただきありがとうございます。

プティルブックスでは初の小説となります。しかも、ファンタジー！　他の作品をお読みの読者様は驚かれるかもしれませんが、ずっとこういうお話が書きたかったので、本作を刊行していただけたことを嬉しく思っています。

男装の騎士を書こうというのが本作のスタートでした。凛々しく美しい訳ありの騎士。影があるクールな男装の麗人。……と企画していたのですが、気づけば多くのキャラクターに囲まれ、第二王子には猛アタックされまくる、ちょっと天然でとんでもなく強いヒロインが出来上がっていました。強い女性が好きすぎるのですが、今回は振り切って無双です。また彼女の周囲のキャラクターたちも癖があるというか、面倒なメンバーがずらりとそろいました。

シリアスあり、仲間とのわちゃわちゃあり、ラブロマンスありの冒険活劇を楽しんでいただけましたら幸いです。

なお、コミカライズの企画も進行中とのこと。まだまだ作品の世界は続くので、長く愛していただだけるよういっそう頑張っていきたいです。

最後になりましたが、本作の刊行にご尽力を賜りました皆様に厚く御礼申し上げます。

カバーイラスト、挿絵をご担当くださいました黒沢明世先生、ありがとうございました。洗練されたイラストにうっとりしてしまいました。挿絵のキャラクターひとりひとりも、ものすごく魅力的で、私の妄想をそのまま形にしていただいたようでした。

デザインをご担当くださったデザイナー様、本作もありがとうございました。毎回指名してしまいすみません。今後ともよろしくお願いいたします。

編集担当者様、企画から発行までありがとうございました。主張の強い作家に寄り添っていただき、本当に感謝しております。また、一緒に作品を作り上げてください。

そして、本作に限らず私の作品を愛してくださる読者様、偶然この作品を手に取ってくださった読者様、皆様に感謝を申し上げます。ありがとうございました。楽しんでくださる読者様がいるから書き続けていられます。もっともっと頑張れます。

それでは次回作でお会いできますように。

砂川雨路

プティルブックス

純潔の男装令嬢騎士は偉才の主君に奪われる

2023年10月28日　第1刷発行

著　者　砂川雨路　©Amemichi Sunagawa 2023

発行人　鈴木幸辰
発行所　株式会社ハーパーコリンズ・ジャパン
東京都千代田区大手町 1-5-1
03-6269-2883（営業部）
0570-008091　（読者サービス係）

印刷・製本　中央精版印刷株式会社

Printed in Japan ©K.K.HarperCollins Japan 2023
ISBN978-4-596-52796-7